Amour, toujours amour!

Contes du Saint-Laurent

Données de catalogage avant publication (Canada)

Sauriol, Louise-Michelle
    Amour, toujours amour! : Contes du Saint-Laurent
    (Collection Atout ; 103. Conte)
    Pour les jeunes de 12 ans et plus.
    ISBN 2-89428-814-X

I. Titre. II. Collection : Atout ; 103. III. Collection : Atout. Conte.

PS8587.A386M68 2005   jC843'.54   C2005-940998-3
PS9587.A386M68 2005

Les Éditions Hurtubise HMH bénéficient du soutien financier des
institutions suivantes pour leurs activités d'édition :

– Conseil des Arts du Canada ;
– Gouvernement du Canada par l'entremise du Programme
  d'aide au développement de l'industrie de l'édition (PADIÉ) ;
– Société de développement des entreprises culturelles du
  Québec (SODEC) ;
– Gouvernement du Québec par l'entremise du programme de
  crédit d'impôt pour l'édition de livres.

Éditrice jeunesse : **Nathalie Savaria**
Conception graphique : **Nicole Morisset**
Illustration de la couverture : **Daniela Zekina**
Mise en page : **Diane Lanteigne**

© Copyright 2005
Éditions Hurtubise HMH ltée
Téléphone : (514) 523-1523 • Télécopieur : (514) 523-9969
www.hurtubisehmh.com

ISBN 2-89428-814-X

Distribution en France
Librairie du Québec/D.N.M.
Téléphone : 01 43 54 49 02 • Télécopieur : 01 43 54 39 15
Courriel : liquebec@noos.fr

Dépôt légal/3e trimestre 2005
Bibliothèque nationale du Canada
Bibliothèque nationale du Québec

Imprimé au Canada

Louise-Michelle Sauriol

Amour, toujours amour!
Contes du Saint-Laurent

Collection **Atout**

Louise-Michelle Sauriol écrit pour les enfants,
les adolescents et les jeunes de cœur de tous âges.
Elle a publié des contes, des nouvelles et des romans.
Elle consacre son temps à l'exploration
de l'imaginaire et des lieux hantés par ses héros.

À Dominique et Jean-Philippe

Je remercie chaleureusement Nicole Bégin-Langlois de m'avoir fait découvrir la roche en forme de molaire le long de la Rivière-à-Matte, à Neuville. Son encouragement dans l'écriture du projet m'a permis de mener les héros fictifs à leur destinée, sans les trahir ni les abandonner. Merci également à Pierre Langlois, membre de la Société d'histoire de Neuville, pour ses précieux renseignements.

Un vif merci à Diane Desaulniers pour sa lecture attentive du conte *Le moulin des amours*. Son analyse du sort réservé à la fidèle jument Catiche a sauvé la pauvre de plusieurs tourments!

Je désire aussi exprimer ma gratitude envers Jean Désy, poète, romancier et navigateur, qui a lu et commenté le dernier conte: *La fiancée du capitaine*.

Un merci renouvelé à Marie Trottier-Drouault, petite-fille d'un capitaine de goélette et dont la compétence pour le français écrit m'a une fois de plus éclairée.

Je remercie enfin mon compagnon de vie pour sa patience et sa collaboration aux recherches requises pour ce projet.

L.-M. S.

PRÉSENTATION

Sur les rives du Saint-Laurent, les épopées amoureuses ont toujours fleuri à profusion. Dans les champs, autour du moulin à farine, sur le parvis de l'église autant qu'à bord des goélettes, des hommes et des femmes ont porté bien haut le flambeau de l'amour.

J'ai pris plaisir à extraire de l'imaginaire quelques-uns de ces personnages et leurs histoires truculentes, choisissant le XIXe siècle pour cadre.

Ces contes ont une saveur d'époque par leurs références à la vie quotidienne et leur tendance fantastique. Ils rapportent les faits et gestes amoureux de gens qui ont habité le Québec pendant quelques générations. Héros inventés de toutes pièces, ils se montrent passionnés, romantiques, sincères ou fripons. Leur cheminement épique nous fait découvrir au passage des coutumes et croyances anciennes.

Trilogie d'histoires d'amour, ce livre propose une virée dans les âmes et dans le patrimoine bordant un fleuve mythique. Je vous invite à vous laisser porter par cette triple vague amoureuse, au rythme des calèches et des voitures d'eau.

Louise-Michelle Sauriol
Pointe-Claire, Québec

PREMIÈRE PARTIE

Le moulin des amours

1

LA FILLE DU MEUNIER

C'était au temps des moulins. Moulins à eau et moulins à vent décoraient les villages le long du Saint-Laurent. En l'an 1800, pas moins de six moulins dont deux à farine, étaient en activité à Neuville, près de Québec.

Déployé en terrasses au-dessus du fleuve, le village prospérait grâce à ses terres fertiles. On y cultivait, battait et moulait le grain avec bonheur. Seules les cloches de l'église marquaient des temps d'arrêt pour les naissances, les funérailles ou les célébrations spéciales.

À partir de l'automne et durant l'hiver, les meuniers s'affairaient, la poitrine gonflée de fierté. De l'aurore à la brunante, les cultivateurs se rendaient au moulin, assurés du miracle à venir : les grains de blé seraient transformés en farine de froment souple et douce. Avec cette farine, les ménagères fabriqueraient une pâte à pain exquise. Bien nourris, les gens sentiraient moins le froid mordant de l'hiver.

C'était un heureux temps. Bêtes et êtres humains vivaient en harmonie. Les mouettes saluaient au passage la ribambelle d'équipages champêtres. Les habitants du village sifflotaient en transportant au moulin leurs sacs de grains dorés.

Tous, sauf Tit-Paul, le fils à Hector. Amoureux fou de Nanette, la fille du meunier de la Rivière-à-Matte, il se morfondait de ne pouvoir la conquérir.

Âgée de quinze ans, la demoiselle avait les yeux verts et les cheveux roux. La plus belle du village, assurément, elle faisait l'envie de tous les garçons. Mais Nanette se moquait d'eux et ils finissaient par s'en lasser. Tit-Paul, lui, ne se lassait pas. Malgré les railleries de la jolie personne, il en était de plus en plus amoureux.

En réalité, une flamme vive le brûlait. Depuis la fin de l'été, quand il attelait Catiche pour aller moudre le grain, il avait mal en dedans de lui. Comme si le feu envahissait sa poitrine. Ses paupières se remplissaient d'eau, ses gestes devenaient maladroits et la jument noire se cabrait avec de puissants hennissements.

Son père soupirait:

— T'as vraiment pas le tour. Même pas avec les femelles à quatre pattes! Comment veux-tu plaire aux filles? Tu peux bien rester tout seul dans les veillées.

Son grand-père, bedeau de son état, reprenait:

— Dans mon temps, les beautés s'émoustillaient rien qu'à me voir entrer dans l'église. Quand je sonnais les cloches, elles se pâmaient raide. Leur cœur se mettait à tinter. Faudrait que tu prennes ma place à l'église, un de ces jours. Ça te rendra populaire.

Et le père en ajoutait.

— Ça te ferait peut-être grandir de t'étirer un peu.

Le garçon serrait la mâchoire et ravalait sa salive. Jamais il ne serait bedeau. Ce n'était pas sa faute s'il n'avait pas grandi. Ses quatre frères mesuraient près de six pieds*. Ils étaient déjà mariés et cultivaient le blé d'Inde dans d'autres fermes. À dix-huit ans, Tit-Paul était aussi grand

* *Six pieds*: équivaut à 1 m 83.

que Nanette. Cela lui suffisait. Un jour, il posséderait aussi sa propre terre.

Meurtri, il lâchait la jument au galop. Parfois, elle partait à l'épouvante et des sacs de grains volaient par terre. Il devait s'arrêter pour les ramasser. Les lamentations de la famille reprenaient alors sans fin. Le garçon se bouchait les oreilles, puis se hâtait de recharger la charrette.

En dépit de sa peine, chaque jour Tit-Paul retournait au moulin à farine du seigneur Deschenaux. Cette année-là, les récoltes avaient été abondantes et les prétextes pour y rendre visite ne manquaient pas.

Après les travaux du matin à la ferme, il se portait volontaire pour transporter du grain au moulin. Il offrait même ses services aux voisins des environs. Ainsi, à l'heure où Nanette venait porter à manger aux hommes, il était là avec ses sacs de blé.

Bâti en pierres et solide comme un pont, le moulin seigneurial était un imposant bâtiment de trois étages. Il faisait partie d'un complexe de moulins, à carde, à scie ou à farine, que le seigneur avait fait ériger proche de la rivière. L'intérieur comportait une pièce d'accueil, nommée «salle des habitants», où les hommes venaient fumer une pipe en attendant que le grain soit moulu.

Cette salle était l'un des endroits les plus fréquentés du village. Tout un chacun passait par là. Les nouvelles circulaient plus vite que dans la *Gazette officielle**. Durant la semaine, les discussions fusaient avec autant d'énergie que la rivière en mettait à débiter son eau.

Car elle était puissante, la Rivière-à-Matte. Un barrage, construit en amont, lui conférait une force impressionnante qui permettait d'activer la meule du moulin. Ses eaux tumultueuses fuyaient jusqu'au fleuve Saint-Laurent. Plus haut sur la rivière, une jetée de bois permettait aux attelages de circuler d'un côté à l'autre et facilitait l'accès au moulin.

Dès qu'il avait traversé la rivière avec sa charrette, notre ami modérait la jument et sautait par terre. Il courait se poster non loin du sentier que Nanette empruntait.

Lorsqu'elle apparaissait, il la dévorait des yeux. Un panier au bras, des fleurs dans les cheveux, elle marchait à pas

---

* *Gazette officielle*: journal officiel du gouvernement.

légers. Balançant sa chevelure rousse et ses hanches sculptées, Nanette chantait gaiement.

Plus elle s'avançait, plus il frémissait. Une fois rendue à côté de lui, la belle pouffait de rire.

— Encore toi, le Tit-Paul de la famille à Hector?

— Je m'appelle Paul, répondait-il inlassablement. Je m'adonne à venir moudre le grain.

— Occupe-toi de tes récoltes, disait-elle, les garçons m'intéressent pas.

Il était incapable de répliquer. La jeune fille riait sans pitié et filait retrouver son père, le meunier, afin de lui remettre son panier de provisions. Une odeur de fleurs fraîchement coupées se répandait derrière elle. Tit-Paul humait ces effluves avec délices en conduisant son chargement jusqu'au moulin. Il allait ensuite déposer ses sacs de blé et s'assurait qu'ils étaient bien étiquetés.

Une fois cette tâche accomplie, il entrait dans la salle des habitants pour attendre sa farine avec les autres.

La pièce débordait de fumée. Comme d'habitude, les hommes échangeaient les ragots du village et les rumeurs en provenance de Québec. Ils parlaient des notables de la ville, des élections à venir et du dernier sermon de monsieur le Curé.

Tit-Paul demeurait muet comme une carpe. Il marchait de long en large dans la salle, étirant le cou vers la pièce maîtresse du moulin. Il espérait apercevoir de nouveau sa belle et lui faire les yeux doux. Point de chance: Nanette s'esquivait par la porte de côté sitôt sa commission accomplie et il devait patienter jusqu'au lendemain.

2

D'UN BOUQUET À UNE CHANSON

Un jour de la mi-septembre, Tit-Paul eut une idée: s'il offrait un bouquet fraîchement cueilli à son amie? Elle qui aimait tant les fleurs, elle ne manquerait pas de s'émouvoir de son cadeau. À mi-chemin sur la route du moulin, il fit arrêter Catiche.

— Ho! Attends-moi un instant. J'ai vu de quoi plaire à Nanette.

Dans un bosquet, il avait aperçu des touffes de fleurs d'un bleu très tendre, entremêlées de verges d'or. Il descendit de la charrette, écarta les verges d'or et cueillit un bouquet de ces fleurs délicates. «Des asters, se dit-il avec satisfaction. Pour sûr, ces fleurs en forme d'étoile et couleur du ciel vont me porter chance.»

De son côté, la jument n'avait rien compris aux intentions de son maître. Pendant qu'il se penchait sur les fleurs des champs, elle reprit sa course vers le moulin et alla se mettre tranquillement à l'ombre. Tit-Paul en fut quitte pour effectuer le trajet à pied, son bouquet à la main.

Le soleil dardait la terre de vifs rayons et une chaleur inusitée pour l'automne inondait la campagne. Le garçon suait à grosses gouttes sur le chemin de terre battue. Quand il parvint au moulin, la chemise trempée, ses fleurs à moitié fanées, Catiche l'attendait en mâchonnant des herbes.

Il se hâta de l'attacher à un pieu dans la cour. Comble de malchance, la jument crut que le bouquet était pour elle et se mit à le brouter avec enthousiasme. Tit-Paul se retrouva devant Nanette, les mains vides et la mine ahurie.

La belle s'apprêtait à entrer au moulin. Un tablier jaune soulignait sa taille et la rendait encore plus gracieuse qu'à l'habitude. Elle éclata d'un rire frais comme le trèfle des champs.

— Mignon d'offrir des fleurs à ta jument!

— C'était pour vous, mademoiselle Nanette.

— Pour moi? Mon jardin déborde de fleurs. Nul besoin d'en ajouter. Offre-moi plutôt une chanson.

— Êtes-vous sérieuse? reprit-il, rempli d'espoir.

— Tu sais que j'aime chanter. Ça me fera un air de plus pour mes promenades.

— Oui, oui. Je vais vous composer une chanson d'amour. Quelque chose de très beau.

— C'est ce qu'on verra, Tit-Paul.

— Je m'appelle Paul, murmura le jeune homme, mortifié.

La fille du meunier s'en fut dans un nouvel éclat de rire. Près de sa charrette, notre amoureux resta tendu comme un mât au milieu de la tempête. Une chanson, en connaissait-il seulement une?

Ses frères chantaient *Auprès de ma blonde, qu'il fait bon, fait bon dormir*. Il détestait ces paroles qui le heurtaient à la manière de clous pointus. Tit-Paul se rappelait *À la claire fontaine* mais, pour le reste, il ne se souvenait de rien.

Comment inventer une mélodie toute neuve et, en plus, y insérer des mots d'amour?

Devrait-il se faire aider par son ami qui jouait de l'harmonica? Ce serait honteux d'emprunter le talent d'un autre. Et cet ami qui courait les filles ne comprendrait rien à ses sentiments.

Le problème lui semblait insurmontable. Lentement, il déchargea ses poches de blé, les yeux humides, la tête vagabonde. Un sac se renversa au grand complet. Il grommela une série de jurons et entreprit de réparer son dégât, plus désespéré que jamais.

Pendant qu'il ramassait les céréales, il eut une inspiration: une chanson d'amour, il saurait en composer une, puisqu'il y avait un vieux violon à la maison, quelque part dans le grenier. Armand, son frère aîné, venait de s'en acheter un neuf et avait délaissé l'ancien, fabriqué autrefois par un grand-oncle.

Le vieil instrument avait la réputation d'être ensorcelé; c'est pourquoi sa mère avait incité Armand à s'en débarrasser. Des histoires inquiétantes circulaient à son propos, surtout des récits d'amour farfelus. On racontait même que le vieil oncle, en proie à des visions scandaleuses en jouant du violon, avait perdu l'esprit et s'était jeté dans les bras d'une femme de rien.

Tit-Paul ne croyait pas ces racontars. Il avait vu plusieurs fois l'instrument et rien ne le distinguait des autres. À force de zigonner sur les cordes, il était convaincu d'arriver à en sortir une mélodie. Les mots tendres viendraient ensuite s'accorder avec la musique.

Il termina sa corvée avec entrain. Quand l'aspirant musicien entra dans la salle des habitants du moulin, il trépignait d'impatience. Il lui semblait tenir déjà son violon et il fredonnait à mi-voix un air sans paroles en tapant du talon.

— Qu'est-ce que tu marmonnes aujourd'hui? s'écria un cultivateur.

— Il fait ses prières parce qu'il va pas souvent à l'église, répondit à sa place un nommé Gaspard, voisin de ses parents.

Loin de s'offusquer, Tit-Paul poursuivait son rêve en silence. Les yeux fermés, il s'inventait les plus belles ballades du monde et s'imaginait Nanette, croulant d'admiration pour lui.

Au bout de deux minutes, les hommes reprirent leur conversation et l'oublièrent. Emporté par son projet, notre amoureux turlutait sur le bout du banc, certain du pouvoir de sa chanson sur sa belle.

3

LE VIOLON MAGNÉTIQUE

Un peu plus tard, en route pour la maison paternelle, Tit-Paul continua de mijoter son plan. Mais rien n'était plus à son goût. Il sifflait, alignait des mots, pour ensuite tout rejeter en donnant des coups de fouet en l'air. «Il me faut le violon au plus vite. Je n'y arriverai jamais sans instrument de musique. Marche donc, Catiche!»

Clac! le fouet dansait autour de la jument qui finit par s'exciter. Elle parcourut au grand galop la dernière partie du chemin et passa en trombe devant la maison. Elle s'arrêta pile devant l'étable qui servait aussi d'écurie. Perdu dans ses pensées, Tit-Paul faillit perdre l'équilibre.

— Écoute, mon gars, modère tes transports, dit son père, en train de nettoyer une fourche de bois. Tu conduis comme un sapré fou. Un peu plus et la charrette me rentrait dedans.

— Excusez-la. J'ai pas fait exprès.

— Va soigner la jument, je range les poches de farine. Dans ton énervement, tu vas la faire crever. T'oublie qu'elle est pas jeune.

Tit-Paul était certain que la brave bête ne courait aucun danger. Elle partageait la moitié de sa vie et l'accompagnait partout. Cette fois, elle avait saisi que son maître était troublé. Elle l'avait ramené d'urgence chez lui. Et urgence il y avait.

Une passion dévorante étreignait le jeune homme. Sa dernière rencontre avec Nanette l'avait rendu fébrile. Il voulait chanter pour elle dès le lendemain.

En épongeant la jument, il pensait au violon et à la manière de le récupérer. Il devait se hâter. Après avoir donné un seau d'eau et une ration de foin à Catiche, il s'esquiva du côté de la maison.

Vers midi, sa mère l'entendit grimper à l'échelle du grenier et lui lança :

— La soupe aux pois est prête depuis longtemps. Lambine pas trop ! Ton père a besoin de toi.

— Je m'en vais juste chercher un outil en haut.

Il escalada l'échelle deux barreaux à la fois. D'un côté se trouvait un lit avec une commode basse et, de l'autre, s'entassaient les objets qui ne servaient plus, hérités de la génération précédente. Au fond de la pièce, des gerbes de blé fraîchement liées étaient en train de sécher. Un délicieux parfum d'été flottait dans tout le grenier.

Tit-Paul rampa vers l'amoncellement de vieilleries. Il les passa minutieusement en revue sans rien y découvrir. Puis il ouvrit un vieux coffre à souvenirs en bois de merisier.

À l'intérieur, il finit par trouver le violon et le sortit de sa cachette d'une main nerveuse. Sa découverte le comblait. L'instrument de musique paraissait normal et n'avait rien d'un objet de sorcellerie. Il jubilait en lui-même, certain d'arriver enfin à composer sa chanson.

Une fois le violon en sa possession, notre amoureux entra dans une sorte de transe. Il n'arrivait plus à le lâcher. Assis par terre, il le caressait avec ravissement.

Ses doigts glissaient le long des courbures, palpaient les extrémités, revenaient délicatement se poser sur le bois rugueux. Le souvenir de Nanette avec son beau tablier jaune l'envahissait comme une marée montante.

Il saisit l'archet et commença à frotter les cordes dans l'espoir de faire naître une mélodie. Maintes fois il avait entendu jouer son frère Armand. Des airs s'étaient incrustés dans sa mémoire. Malgré l'usure des cordes et le mauvais état de l'instrument, il réussit à s'inventer une sorte de refrain.

Par contre, aucune parole ne venait. Des sentiments passionnés lui labouraient le cœur sans qu'il puisse les exprimer. Les mots d'amour le fuyaient et désertaient sa pensée. Il s'entêta à jouer.

Sa mère eut beau l'appeler et son père le gronder, il restait rivé au violon, reprenant sans arrêt la même mélodie.

Un craquement venant de l'échelle du grenier le fit tout à coup sursauter. Il revint sur le plancher des vaches et sortit de sa transe amoureuse. Nul doute, le paternel s'en venait l'attraper par la peau du cou!

Déjà Tit-Paul entendait le souffle bruyant qui se rapprochait. Il enfouit l'instrument de musique sous une vieille couverture.

— Je m'en viens! s'écria-t-il.

Il ne fit ni une ni deux et se précipita à la rencontre de l'homme colérique qui, du haut de l'échelle, jetait un regard soupçonneux autour de lui.

— Qu'est-ce qui te prend de t'amuser avec le violon de l'oncle Eugène? gronda-t-il. C'est un instrument du diable! Arrive donc! Il est passé midi. On a de l'ouvrage pour cent jours dans le champ de blé d'Inde.

Le coupable se présenta rapidement dans la cuisine où l'attendait sa soupe refroidie. Il l'ingurgita sans goût et s'en fut ensuite au champ, l'âme en émoi, plus déterminé que jamais à composer une chanson d'amour.

«J'y arriverai», se disait-il. «J'y arriverai cette nuit, quand tout le monde dormira.»

Le soir venu, las de sa journée de travail, il n'avait pas pour autant renoncé à son plan. Il se jeta comme un loup sur le lard salé et les pommes de terre, avala un grand verre de lait, puis il guetta le moment propice pour retourner au grenier.

Il réfléchit aussi sur le lieu où il pourrait s'exercer. Impossible de jouer une note dans la maison. Il devait trouver refuge ailleurs afin de chanter en toute liberté dans la nuit noire.

Le grand-père s'était mis au lit très tôt après le repas. Le vieil homme occupait l'extrémité de la pièce qui servait de cuisine et de salle commune. Un simple rideau délimitait ses quartiers. On pouvait l'entendre réciter ses prières, suivies de près par un ronflement régulier. L'aïeul s'endormit donc rapidement et c'était tant mieux, car il était curieux de tout.

De leur côté, les parents, fatigués de leur rude journée, ne tardèrent pas à se retirer dans leur chambre, à l'autre bout de la pièce.

Son père revint vérifier la fermeture des portes et lui dit en bâillant:

— Monte te coucher. Demain, on commence les travaux de bonne heure. Le temps est loin d'être certain. Ça presse de finir la cueillette du blé d'Inde. On pourrait écoper d'un orage.

Du travail pressant, notre ami avait une tout autre idée. Quant au temps qu'il ferait ou ne ferait pas, il s'en fichait éperdument. Lentement, il grimpa dans son coin de grenier et alluma une chandelle à côté de son lit.

Quand il fut certain que la maisonnée était endormie, il tira le violon de sous la vieille couverture et souffla la chandelle. Il descendit dans la cuisine en serrant l'instrument contre lui. Comme un voleur, il s'empara d'un fanal, ouvrit la porte barricadée et se glissa dans l'ouverture.

Dehors, la lune éclairait le terrain à grands jets d'argent. Il referma soigneusement la porte de la maison et prit ses jambes à son cou pour atteindre l'étable.

Catiche lui fit la fête dès qu'il entra dans le bâtiment. Elle poussa une série de petits hennissements. On aurait dit une cascade de rires. Tenant son fanal, Tit-Paul marcha le long des stalles jusqu'à la jument.

— Chut! Personne ne doit s'apercevoir que je suis ici. Attends, j'ai quelque chose pour toi.

Il sortit une pomme de sa veste et la présenta à la bête qui la croqua avec délices. Contentée, Catiche le laissa vaquer à ses affaires.

— Allons-y pour la chanson! s'exclama-t-il, certain de terminer rapidement sa composition.

Il s'installa sur un tas de foin et se concentra avec ferveur sur son jeu musical. De nouvelles notes vinrent enrichir sa mélodie. Son refrain devint plus entraînant.

Tit-Paul se dit qu'après tout il avait de l'oreille et que les mots couleraient de sa bouche sous peu. Mais il avait beau jouer sa musique sur des rythmes aussi fluides que l'eau des ruisseaux, l'inspiration ne venait pas.

Comment enrober cet air de mots appropriés à ses sentiments? Découragé, il finit par s'endormir sur son tas de foin, à côté de la mangeoire de la jument.

Beaucoup plus tard, les naseaux humides de Catiche qui farfouillait dans ses cheveux le réveillèrent en sursaut. Vivement, il sauta sur ses pieds et secoua le foin de ses vêtements.

Des lueurs claires commençaient à poindre entre les planches sombres du bâtiment. Il frissonna: il devait rentrer au plus tôt s'il ne voulait pas subir les foudres paternelles. Sans plus attendre, il éteignit le fanal, camoufla le violon dans la paille et sortit de la grange.

L'aube se levait tranquillement sur la campagne et la rosée perlait les champs de ses premières gouttelettes. Le garçon courut vers la maison aux murs crépis à la chaux.

Comme il pénétrait dans la cuisine, son grand-père émergea de son coin de repos, les jambes raides, les cheveux hirsutes. Il lui fit un clin d'œil entendu et déclara d'une voix encore ensommeillée :

— Viens pas me dire que t'es allé sonner les cloches. Mes aïeux ! tu devais avoir rendez-vous avec une donzelle !

— Voyons donc, pépère, j'arrive de l'étable. J'ai entendu un drôle de bruit.

— Ah bon ! C'est peut-être pour ça que je me suis réveillé.

Soulagé par les propos du vieil homme, Tit-Paul monta au grenier à pas feutrés. Une heure et demie plus tard, il était à table avec la famille pour déjeuner.

Frustré par sa nuit de veille, il mangea à peine, laissant la moitié de son assiétée. Il se promit de reprendre son travail clandestin dès la tombée du jour.

Rien d'autre ne lui importait.

4

L'ORAGE DU DIABLE

La nuit suivante, Tit-Paul sortit de nouveau en cachette afin de répéter sa chanson dans l'étable. Insatisfait du résultat, il refit le même manège, soir après soir, durant une semaine complète. Il jouait mieux du violon et des intonations pathétiques s'ajoutaient à sa mélodie. Cependant, les mots doux continuaient de le fuir. Impossible de présenter une chanson à sa belle.

Le huitième soir, il était au bord du désespoir lorsqu'il gagna son refuge. Durant cette nuit-là survint un orage terrible. Éclairs et coups de tonnerre se succédaient dans un fracas étourdissant. Une grêle dévastatrice s'abattit sur la campagne. On aurait dit que le diable lui-même était descendu sur terre pour attaquer les dernières récoltes.

La foudre tomba soudain sur un arbre tout proche. Tit-Paul sauta sur ses pieds, fou d'inquiétude, en proie à une véritable panique. Les bâtiments allaient-ils prendre feu? Qu'adviendrait-il des champs percutés par les grêlons? Et Nanette?

Combien de questions il se posait à son sujet. Avait-elle peur, là-bas, près de la Rivière-à-Matte? Il se la représentait en chemise de nuit, tournant autour de son lit, telle une biche effrayée. Il imaginait les douces formes frôler la fenêtre, alors que, terrifiée, elle regardait le spectacle de l'orage.

Comme il aurait voulu être auprès d'elle pour la rassurer. Il l'aurait prise dans ses bras, l'aurait tenue tout contre lui. Sa Nanette adorée!

Il saisit le violon et se mit à jouer passionnément. La musique le pénétra comme un brûlant nectar. Un tourbillon enivrant déferla dans l'étable, alors qu'à l'extérieur tombait une pluie diluvienne.

Il joua longtemps, incapable de s'arrêter. L'archet semblait glisser tout seul sur les cordes. Les notes sonnaient juste et les mélodies envoûtantes succédaient aux airs langoureux. Un véritable sortilège opérait.

L'âme de l'oncle défunt semblait diriger le jeu du violon. Emporté par le courant musical, Tit-Paul déversait à grands flots le surplus de ses émotions.

Au bout d'une heure, étourdi par sa performance, électrisé jusqu'au bout des doigts, il posa l'instrument. Alors, tout droit de son cœur surgirent des mots d'amour. Des mots qui s'accordaient parfaitement avec sa musique survoltée.

Une joie folle s'empara de lui. Insouciant du temps et en proie à une sorte de délire, il chantait et dansait au milieu de l'orage.

Au moulin, y'avait une belle
Diguedondi, diguedondelle
De Neuville la plus jolie
Diguedondelle dondi!

Jolie demoiselle
Sans fin je soupire
Amour nous appelle
Diguedondelle dondi!

Et il recommençait toujours à chanter. Mystifiée, la jument hennit puissamment. Tit-Paul la prit par le cou en l'embrassant. Quel bonheur! Enfin, il tenait une chanson pour mademoiselle Nanette. Une chanson digne de son amour.

Il n'attendit pas la fin de l'orage pour rentrer à la maison. Prestement, il remit le violon à l'abri et fonça au travers de la pluie. Les gouttes d'eau le giflaient, transperçaient ses vêtements, lui bloquaient la vue.

Que lui importait! Il pouvait effectuer ce trajet les yeux fermés. Une fois à l'intérieur, il dut vider ses souliers de bœufs et enlever sa chemise, tant elle était trempée. Il s'apprêtait à monter au grenier quand la voix de son père retentit.

— C'est toi, mon gars? Qu'est-ce que tu fabriques dehors? On n'a pas idée de se promener par une nuit pareille. Il tonne depuis deux heures.

Tit-Paul tremblait, mais il avait sa réponse toute prête:

— J'ai fait un cauchemar. Je rêvais que le diable rôdait autour de la maison. J'ai voulu le chasser. Après, je suis tombé en plein orage et je me suis tout mouillé. Vous en faites pas, je remonte me coucher.

— Menteur! ronchonna le grand-père dans son coin.

Le garçon regagna ses quartiers et plongea sous ses couvertures. Malgré le mauvais temps qui persistait, il dormit comme un prince, bercé par sa ritournelle enflammée.

5

SUR UN AIR DE *DIGUEDONDI*!

Le lendemain, en attelant Catiche pour aller au moulin, Tit-Paul fredonnait et sautait sur place. Avec adresse, il lui passa la bride et ajusta les harnais. La jument ne se cabra point. Elle attendit patiemment que son maître lui donne le signal du départ.

Pâle, amaigri par ses jeûnes et ses longues veilles, le garçon déployait une énergie peu commune. Son grand-père, qui l'observait depuis plusieurs jours, lui déclara avec un sourire narquois.

— Te v'là fringant comme une truite! Ma parole, tu dois être amoureux. Prends garde à toi, c'est plus dangereux qu'on pense. Fais pas trop de folies! Tu pourrais le regretter.

Rien ne pouvait l'effrayer. Ni les remarques de son grand-père, ni le regard courroucé de son père qui s'en allait soigner une vache malade.

— Tu pourrais laisser tomber la promenade, lâcha ce dernier. Il nous manque des bras vaillants. On est loin d'avoir fini de réparer les dégâts de la tempête. La moitié de la récolte de blé d'Inde est gaspillée. Sans parler des branches d'arbres à ramasser.

— J'apporte juste une poche de blé. Ça prendra pas de temps à moudre. Je reviendrai ensuite vous aider.

En réalité, il transportait le contenu de la moitié d'une poche. Le violon du vieil Eugène occupait le reste de l'espace. Bien camouflé au milieu des grains avec l'archet, l'instrument de musique gonflait le sac de toile sans que rien y paraisse.

Il fit gaiement partir Catiche d'un petit coup de guides. Aujourd'hui, il se fichait éperdument de la farine. Seule la chanson comptait. Enfin, il saurait émouvoir Nanette avec une mélodie de sa composition.

En traversant le rang, il chanta avec entrain. Sa jument trottait allègrement au milieu des flaques d'eau, portée par le rythme. Le jeune homme avait l'impression de voler vers le bonheur. Il était si heureux que sa voix résonnait dans la campagne et vibrait aux quatre vents.

Au moulin, y'avait une belle,
Diguedondi, diguedondelle
De Neuville la plus jolie,
Diguedondelle dondi !

Jolie demoiselle
Sans fin je soupire,
Amour nous appelle
Diguedondelle dondi !

Au loin, le fleuve prenait des tons d'émeraude. Des goélettes sillonnaient le cours d'eau, remplies de chargements d'épinette. Dans les battures, de plus petites embarcations faisaient des taches de couleur verte ou rouge.

Séduit par l'harmonie du jour, Tit-Paul ajouta des couplets à sa chanson. Les mots fleurissaient comme des nénuphars dans l'eau et il lui semblait entendre la musique endiablée du violon. Plus inspiré que jamais, il poursuivit son chant.

Sur la mer en gerbes
Voici un navire
Amour nous appelle
Diguedondelle dondi !

Au moulin, y'avait une belle…

Comme tourterelles
Pourrons s'y blottir
Amour nous appelle
Diguedondelle dondi !

Lorsqu'il arriva près du moulin, Nanette apparaissait déjà au détour du sentier. Des fleurs mauves décoraient ses cheveux et rendaient sa figure plus douce que de coutume. Elle sautillait d'une roche à l'autre, tenant son panier à provisions d'une main.

Ébloui, notre amoureux ne vit pas l'énorme flaque devant son attelage. Au lieu de ralentir, il ordonna à Catiche d'aller plus vite. Dans un glissement de roues, la charrette dérapa et se renversa sur le côté. Nanette s'arrêta, consternée du spectacle qui s'offrait à elle.

Tit-Paul tomba dans l'eau et la boue avec le sac de grains. Il se releva d'un vif élan, tel un bouchon qui saute. La jument avait perdu pied et s'était affalée contre un arbre. Elle hennissait désespérément. Il se précipita sur Catiche qu'il remit d'aplomb. Puis, confus, les vêtements souillés, il murmura à sa belle:

— J'ai la chanson, pis un violon. Écoutez-moi un instant. Je vous en supplie.

— Mon père attend, dépêche-toi! dit-elle avec un sourire taquin.

Il se jeta sur le sac humide pour en extraire l'instrument de musique. Des grains de blé avaient envahi les orifices tandis que les cordes, déjà fragiles, avaient presque toutes éclaté dans la chute. Le violon ancien n'était plus utilisable dans cet état. Désespéré, Tit-Paul le tournait et le retournait entre ses mains.

Au moment où la fille du meunier allait poursuivre son chemin, il s'écria:

— Je suis capable de chanter sans musique. Juste une minute!

Il déposa l'instrument dans l'herbe et entonna:

Au moulin, y'avait...

Le pauvre avait à peine entamé son refrain que les mots d'amour s'effacèrent de sa mémoire. Plus rien. Envolés, les couplets. Évanouies, les paroles exaltées. Il ne restait qu'un trou béant. Un gouffre horrible, vide de toute expression. Tit-Paul avait l'impression de planer au-dessus de l'enfer.

Les jambes flageolantes, il prit appui sur la jument pour ne pas s'effondrer.

Nanette lui dit sur un ton désolé:

— On dirait que tu manques de souffle.

— Oui, mais j'ai du cœur, un cœur en or, répliqua-t-il, haletant comme s'il venait de franchir trois milles* au pas de course. Croyez-moi, il est entièrement pour vous. Je vous le jure.

Le regard vert de Nanette s'alluma derrière une mèche de cheveux rebelle. La coquine l'avait entendu chanter quand il venait au moulin. Jamais de sa vie elle n'avait ouï chanson si tendre. Elle était sincèrement touchée par la mélodie et les paroles. De plus, elle commençait à trouver Tit-Paul agréable avec sa figure ronde et ses épaules carrées. Un gars solide, en dépit de sa détresse évidente. De plus, elle ne doutait pas de sa générosité…

* Trois milles : équivaut à cinq kilomètres.

Trop fière pour capituler, elle déclara:

— Offre-moi un peu de ton or et je te croirai.

— Mon or est caché, mais je peux vous en trouver du vrai. Aussi vrai que je m'appelle Paul. À bientôt!

— À bientôt, Paul! répliqua la jeune fille en poursuivant son chemin pour cacher son émoi.

6

LA QUÊTE DE L'OR

Ce jour-là, notre amoureux éperdu n'entra pas dans le moulin du seigneur Deschenaux. Peu lui importaient le grain et la meule du meunier. Il devait remplir une mission cruciale : trouver de l'or pour Nanette.

Après beaucoup d'efforts, il parvint à dégager la charrette et à la remettre sur ses roues. Il y lança la poche de blé à peu près vide et, impatient de partir, grimpa sur le siège du conducteur.

La jument s'était calmée durant cet épisode et accepta de tirer son chargement. Avec précaution, il lui fit faire demi-tour. Le sourire de sa belle l'habitait encore et ses dernières paroles, ponctuées du nom de Paul, le consolaient de sa chute humiliante.

Quant au violon, il avait quitté ses pensées et gisait, abandonné dans l'herbe humide. Tit-Paul n'avait qu'un souci: le trésor doré qu'il lui fallait découvrir. Il erra le long de la rivière, envahi par des visions plus éblouissantes les unes que les autres.

Les beaux ornements d'église et les vases sacrés rutilants se présentèrent d'abord à son esprit. De l'or sonnant, il s'en trouvait à coup sûr dans les lieux saints. Des coupes dorées valant une fortune, l'église en regorgeait. Juste à allonger les doigts entre deux cérémonies.

Le garçon se hâta de chasser cette idée sacrilège et les démons du cambriolage qui l'accompagnaient. Prudemment, il se signa.

Les bijoux légués par sa grand-mère décédée lui revinrent ensuite à la mémoire. Une broche et une chaînette brillaient de leurs feux dorés dans un vieux coffret de famille. C'était, paraît-il, un héritage provenant de France. Mais sa mère ne consentirait jamais à les lui prêter, même un instant. Quant à les ravir, c'était hors de question. Les bijoux étaient sous clé et il avait horreur du vol.

Malgré tout, un vieil écu d'or niché dans la tabatière de son grand-père le hantait. Cette pièce d'or serait facile à confisquer. Il secoua la tête, gêné par cette dernière pensée.

Plus tourmenté que jamais, il arrêta Catiche dans sa course. Il avait promis de l'or: comment pouvait-il s'en procurer honnêtement?

Soudain, il aperçut sur sa droite un rocher bizarre, taillé en forme de dent gigantesque. Une étrange molaire reposait dans un curieux équilibre, moitié sur le terrain, moitié dans la rivière. Comme si une main géante l'y avait déposée. Jamais auparavant il n'avait remarqué cette particularité de la nature. Sous le soleil, la masse rocheuse étincelait comme un joyau.

— Une dent tombée du ciel! s'exclama-t-il, enthousiasmé par sa découverte.

Il mit pied à terre, ébahi par la forme du rocher, qui lui rappelait une molaire de sa propre mâchoire.

L'an dernier, son parrain, à la fois apothicaire, chirurgien et dentiste, lui avait recouvert d'or une grosse dent qu'il avait fendue en croquant une noix. Ami très proche de la famille, le docteur Arthur Lessard avait fait les choses en grand. Il lui avait offert une dent en or. Si bien que Tit-Paul pouvait extraire de sa propre bouche le métal précieux tant désiré!

Néanmoins, il y avait un problème: il devrait se rendre à Québec et convaincre son parrain d'arracher la dent. Il se dit qu'il finirait bien par trouver une raison sérieuse pour que son vœu soit exaucé par le brave homme.

Il jeta un dernier regard sur l'étrange monticule de pierre et sa résolution devint dure comme le roc. L'or de sa molaire, il allait le donner à Nanette et pas plus tard que demain.

Il caressa sa jument avant de reprendre place dans la charrette.

— On rentre! Je compte sur toi pour une autre promenade. Une promenade en ville, à part de ça. Une très grande sortie.

La jument noire avait perçu le désir de son maître avant le commandement. À peine Tit-Paul était-il assis dans la charrette que la fine bête partait au trot.

Concentré sur son projet, notre ami ne vit rien du chemin du retour et le violon de l'oncle Eugène, oublié sur le sol détrempé, recula encore plus loin dans sa mémoire.

Pendant ce temps, quelqu'un venait de faire une découverte près du moulin. En revenant de sa course, Nanette avait aperçu l'instrument aux cordes brisées qui traînait par terre. Sale et imbibé d'eau, le violon ne payait pas de mine.

La belle le ramassa du bout des doigts. Avec un sourire attendri, elle cueillit des fougères et le nettoya du mieux possible. Elle le déposa ensuite dans son panier à provisions, le recouvrant de fleurs des champs pour le garder à l'abri des curieux.

Arrivée à la maison de son père, le meunier, elle se précipita dans la chambre qu'elle partageait avec sa sœur cadette. Elle finit de débarrasser le violon ancien de sa saleté et le frotta avec un linge doux trempé dans l'huile. Le vieux bois reprit un peu de son vernis.

Attendrie, la jeune fille caressa le violon. La seule corde vaillante rendit un son infiniment triste. Une sorte d'appel pathétique résonna dans la pièce. Comme si l'instrument ne voulait pas périr. Mal à l'aise, Nanette le cacha dans son lit, au creux de ses draps blancs.

Un pas léger se fit entendre dans l'escalier. Elle sursauta et s'éloigna du lit. Personne ne devait découvrir son secret. Ni ses nouveaux sentiments.

Quand sa sœur Élodie apparut, il n'y avait plus traces de quoi que ce soit. Le nez retroussé, les nattes au vent, la fillette flairait un mystère du haut de ses neuf ans. Malgré le calme apparent de son aînée, elle s'enquit du son étrange avec un air de suspicion.

— C'était quoi, le grincement?

— Rien. Peut-être les lamentations d'un lutin malin.

— Comment ça? Raconte!

— Une autre fois!

Pour échapper à sa petite sœur, Nanette s'en fut à la cuisine, chantant la ballade de son amoureux. Les mots, entendus une seule fois, revenaient à sa souvenance comme des perles enfilées les unes aux autres: ... *Sur la mer en gerbes, Voici un navire, Amour nous appelle, Diguedondelle dondi! Comme tourterelles, Pourrons s'y blottir, Amour nous appelle, Diguedondelle dondi!*

— Qu'est-ce que tu chantes là? demanda sa grand-mère qui avait l'oreille fine. Paraîtrait qu'un des fils à Hector rôde autour du moulin quand tu t'amènes. Attention à toi et fais-nous pas de cachettes!

Dans le rang voisin, Tit-Paul était déjà attablé dans la maison de ferme de ses parents. Depuis qu'il était rentré, il mimait un mal de dents diabolique. Il se tordait la bouche et se tenait le menton à deux mains.

Devant lui, son assiette était intacte. Il n'avait touché à aucun de ses aliments. Plié en deux, il n'en finissait plus de crier sa douleur.

Son père, impatienté par les mimiques et les lamentations, s'écria:

— Arrête donc tes simagrées! Es-tu sûr que tu as mal tant que ça?

— Puisque je vous dis! J'ai une crise de dents infâme. Faut absolument que j'aille chez mon parrain à Québec. Lui seul peut régler le problème. Ouille! Je peux rien avaler. Maudite dent, il faut l'arracher!

Sa mère courut chercher des clous de girofle dans l'armoire pour tenter de calmer la douleur.

Perplexe, le paternel se grattait le menton. Ce malaise subit tombait en pleine récolte de maïs. Il n'était pas prêt à conduire son fils à Québec, ni à exécuter le travail de ferme tout seul.

— Ça devrait passer, répétait-il, profondément ennuyé. Arrête de brailler. Je peux pas faire de voyage aujourd'hui.

— Je suis capable de me rendre en ville tout seul. J'y suis allé l'an dernier. Voyons, laissez-moi partir!

Sa tendre mère se rangea de son côté. Elle fit de son mieux pour convaincre son mari du sérieux de la situation et de la facilité à la régler. Il faisait beau. Dans trois heures, le jeune arriverait à Québec. Extraire une dent ne prendrait pas de temps. Dès le lendemain, il serait vaillant pour aider aux travaux.

— Hector, faut pas étirer ça, insista-t-elle. Pauvre lui! Regarde-le souffrir. Il mérite pas une punition pareille.

À force d'arguments et de supplications, Tit-Paul obtint la permission d'effectuer sur-le-champ le voyage à Québec. Il prit son chapeau de paille et annonça à ses parents qu'il s'en allait préparer la jument.

7

SUR LE CHEMIN DU ROY

Avant de soigner Catiche, Tit-Paul effectua un détour pour cueillir deux pommes bien mûres. Il n'avait rien mangé et un creux géant se manifestait à son estomac. Comme il revenait vers le pacage où broutait la jument, son grand-père apparut, planté droit comme un sapin, une pincée de tabac dans les narines. Le vieil homme jeta un coup d'œil entendu sur les fruits.

— Croque-les donc tes pommes, tu t'en porteras pas plus mal!

— C'est pour Catiche, pépère. Vous savez que le voyage sera long. Il est passé midi et je serai chanceux si je reviens avant la noirceur.

— Ton parrain te fournira le nécessaire. À ta place, je m'inquiéterais pas.

— Faut tout prévoir en voyage.

— Parfait, dit l'aïeul. Au cas où t'en aurais besoin, je t'ai apporté un instrument.

À la surprise de Tit-Paul, son grand-père sortit de derrière son dos l'archet du violon ancien. Avec un sourire malicieux, il lui déclara:

— Je l'ai trouvé dans une poche de grains près de l'étable.

— Vous pouvez le jeter. Il est brisé.

— Comme tu veux, dit l'aïeul en s'éloignant, l'archet entre les doigts. Mais prends garde aux musiques de violon. Des fois, il y en a qui sont dangereuses. Celui d'Eugène en produit qui excitent un homme. Dans le temps, il a causé bien des ravages.

— Je crois pas à ces histoires-là!

Le garçon regarda avec inquiétude son grand-père se diriger vers la maison. Avait-il lu dans ses pensées? Et le violon? Subitement, il se rappela l'avoir déposé à ses pieds pour chanter plus à l'aise près du moulin. Dans quel état se trouvait-il, à présent? Il devrait le récupérer au plus tôt, mais c'était impossible aujourd'hui.

Tit-Paul fit disparaître les pommes à l'intérieur de sa veste. Puis il se mit en frais d'atteler Catiche à la charrette la plus légère. Il s'éloigna ensuite allègrement, en route pour la ville de Québec.

Il parcourut le deuxième rang et gagna le chemin du Roy par la voie qui passait non loin du moulin. Lorsqu'il fut arrivé à la croisée, ses pensées devinrent ardentes. Demain, il pourrait offrir de l'or véritable à Nanette. Non pas une vague imitation, mais une pièce de métal précieux, extraite de sa propre bouche. À coup sûr, la preuve d'amour la plus puissante au monde. Il engagea résolument sa charrette vers l'est, confiant en sa démarche.

Quand il dépassa l'église, notre ami poussa un long soupir de soulagement. Tout était calme, personne ne l'avait importuné. Une bande de goélands se prélassaient sur la grève et les dernières maisons tendaient leurs volets sur un ciel clair. Il salua au passage un moulin à eau, situé à l'extrémité du village.

Ensuite, il entreprit de presser Catiche qui avançait au petit trot. À cette vitesse, le voyage durerait longtemps. Tit-Paul devait atteindre la ville au milieu de l'après-midi afin de regagner la ferme avant la nuit tombante.

— Marche! En avant! suppliait-il. Ma dent en or, j'en ai besoin au plus vite. Grouille-toi donc!

La jument avait l'expérience des mauvais chemins. Les doléances de son maître lui importaient peu. Elle maintenait le rythme qui lui convenait. L'entretien étant laissé au bon vouloir des habitants, les trous et les cahots abondaient. Tit-Paul soupirait, impuissant à régler sa course, suant sous son chapeau de paille jaune.

La route lui parut interminable. Toutes les dix minutes, il se mettait à pester contre les bosses, le soleil de plomb, Catiche qui n'avançait pas. Quand il aperçut le village de Saint-Augustin, il reprit confiance. Il avait franchi le tiers du parcours. En cinq ou six bouchées, il avala les deux pommes, puis il s'arrêta dans un relais pour faire boire la jument et lui donner un peu d'avoine.

Au sortir du village, il se laissa porter à travers champs au rythme bringuebalant de la charrette. Bientôt, il glissa dans un demi-sommeil entrecoupé de visions de pièces d'or et de mèches de cheveux flamboyants.

Environ deux heures plus tard, une calèche dépassa sa charrette dans un grincement aigu de roues. Le garçon se réveilla en sursaut: les fortifications de la ville de Québec étaient en vue. Une joie triomphante l'envahit. Dans peu de temps, il serait installé dans le cabinet du réputé docteur Lessard, son parrain. Après l'intervention, trésor en poche, il reprendrait le chemin du Roy en direction de Neuville.

Il se mit à chanter. Curieusement, les paroles de sa chanson d'amour coulèrent librement de ses lèvres.

— *Au moulin, y'avait une belle, Diguedondi, diguedondelle…*

Il franchit en turlutant les derniers kilomètres qui le menaient sur le chemin Sainte-Foy et au seuil de la vieille ville. Une fois devant la porte Saint-Jean, il fit arrêter la bête. L'instant était grave. Dans quelques minutes, il se trouverait face à face avec son parrain. Les mots irrésistibles pour le convaincre de procéder à l'extraction de sa dent, il lui fallait maintenant les trouver.

Son enthousiasme se changea en une anxiété grandissante. Si le docteur Lessard refusait? Pas un instant auparavant il n'avait envisagé un tel dénouement. Il sortit son mouchoir et essuya longuement sa figure couverte de sueur.

L'image de Nanette se profila à son esprit et, avec elle, un regain de détermination. Il saurait vaincre les réticences du chirurgien dentiste. Il le fallait. En guise de discours, il lui tiendrait le même qu'à ses parents. S'il avait réussi à leur jouer la comédie d'une manière efficace, il pourrait répéter la performance.

— Hue, Catiche! On y va!

La jument traversa cahin-caha la porte Saint-Jean et monta la rue du même nom jusqu'à la rue Couillard, où se trouvait le cabinet du docteur Arthur Lessard.

Quand Tit-Paul immobilisa la charrette devant la maison de son parrain, il exultait. L'heure était venue de prendre possession de sa molaire en or.

8

LE REGARD D'AIGLE DU PARRAIN

Le cabinet du docteur Lessard était encore ouvert pour les consultations. Une dame élégante en sortit au moment où Tit-Paul atteignait la porte d'entrée. Il ôta son chapeau et se rangea pour laisser passer la personne vêtue d'une robe de lin. Elle lui fit un sourire forcé et s'éloigna.

Sa visite s'annonçait bien puisque son parrain se trouvait sur place. Le matin, le chirurgien rendait visite à ses malades à l'Hôtel-Dieu et y pratiquait des opérations. Parfois, l'après-midi, il était appelé à l'hôpital s'il survenait des complications. Aujourd'hui, tout semblait paisible et régulier.

Le garçon pénétra dans le couloir, une grimace en travers de la figure et un gémissement à la bouche.

— Tiens, c'est toi! Qu'est-ce qui t'arrive? demanda Arthur Lessard en venant à sa rencontre.

Il avait déjà ôté son sarrau et se préparait visiblement à sortir. C'était un homme d'âge mûr avec une moustache imposante. Ses yeux gris avaient des reflets d'acier tranchant lorsqu'il se mettait en colère. Malgré son air bourru, le praticien avait le cœur tendre et aimait bien son filleul. Il lui examina attentivement le visage, puis il déclara sur un ton ironique:

— Je ne vois même pas de traces d'insecte. Je croyais que tu avais été piqué par des guêpes.

— Non, non! C'est ma dent en or! Ça chauffe, ça brûle dans ce coin-là. J'ai tellement mal. Arrachez-la tout de suite!

— Ta molaire en or? Le joyau de ta bouche! Impossible. Qu'est-ce que tu vas chercher là?

— Ouille! Ça peut plus durer... une vraie torture. Au secours, parrain!

— Voyons, voyons, viens me montrer ça, mon garçon, dit le chirurgien en lui ouvrant à regret la porte de son cabinet.

— M... merci, bafouilla l'autre en se dirigeant vers le fauteuil de consultation.

Le docteur Lessard ajusta son monocle et plongea un regard d'aigle dans la bouche de son filleul. Malgré les supplications de ce dernier, il examina sa denture en entier, vérifiant les aspérités et les surfaces de chacune des dents.

Au bout de quinze minutes d'angoisse aiguë, le jeune homme se fit dire qu'il avait l'appareil dentaire le plus sain de tout le pays.

Il bondit sur la chaise, désespéré.

— Mais j'ai mal! Enlevez-moi ma dent. Je peux plus l'endurer. Je suis venu ici pour ça!

— Essaie donc de comprendre. Je t'ai offert un cadeau unique: une molaire recouverte du métal le plus pur qui soit. Bien peu de gens en ont. Même pas l'évêque de Québec! Tu devrais mieux l'apprécier.

— Je l'apprécie, parrain. Je l'apprécie. Sauf que depuis ce matin, cette dent-là m'empoisonne. Ôtez-la, je vous en supplie!

Le chirurgien réajusta sa lentille et fixa son filleul d'un œil sévère et glacé. Tit-Paul cilla, incapable de soutenir ce regard. Un sanglot monta de sa poitrine.

Son parrain fit quelques pas en direction de la fenêtre.

— Regarde, ma fenêtre donne sur la rue. Imagine-toi que je t'ai vu arriver ici, gai comme un pinson, sautant de ta charrette avec l'agilité d'un lièvre. Tout d'un coup, tu apparais dans mon bureau avec des airs de chien battu. As-tu attrapé le mal imaginaire ?

Le voyageur ravala son chagrin pour protester faiblement.

— Puisque je vous dis…

— Si tu continues, tu vas caler jusqu'aux épaules dans ton mensonge. Avant de t'enliser, sors d'ici et retourne dans ton rang au plus vite !

Le docteur Lessard joignit le geste à la parole. Il releva son filleul, rouge comme un coq, prostré sur la chaise d'examen. Il l'aida ensuite à se remettre debout, le poussa vers la porte et lui tendit quelques pièces.

— Au cas où tu aurais besoin d'argent. Surtout, viens plus me conter de menteries ! Va aider ton père avec ses récoltes. Ce sera plus profitable pour lui et pour toi.

Tremblant de honte, Tit-Paul enfonça les pièces dans sa poche et sortit sans un mot ni un regard pour l'homme en blanc.

Dehors, Catiche piaffait sur le pavé, incommodée par la chaleur, fourbue par la longue course. Son maître l'avait laissée à son sort sans lui procurer la moindre douceur. Elle avait faim et soif. Sur le pavé brûlant, ses pattes frémissaient de douleur et d'impatience.

La bête hennit avec force lorsque Tit-Paul monta dans la charrette et reprit les guides. Pressé de s'en aller, il fit avancer la jument, tourna dans la rue de la Fabrique et se retrouva place du Marché devant la cathédrale.

Les fermiers étaient repartis depuis plusieurs heures, mais des bottes de foin traînaient aux quatre coins de la place. En raison des pluies abondantes, des baquets étaient encore remplis d'eau. Catiche put boire et manger à son goût. Elle reprit de l'énergie.

Son maître était loin d'être remis de ses émotions. Désemparé, il ne savait plus que faire ni où aller. Son plan avait échoué et il avait encouru la colère de son parrain.

Comble de malheur, sa molaire en or était toujours fixée à sa mâchoire.

Il s'assit devant l'édifice religieux, incapable de prier. Les hanches de Nanette, ses joues couleur de pêche et sa poitrine à peine voilée défilaient devant lui comme autant de motifs brûlants à poursuivre son projet. Il se voyait l'embrasser, la serrer sur son cœur, après lui avoir remis son cadeau unique.

Cette dent, il lui fallait trouver un autre moyen de la récupérer. Sa belle, il la désirait tant qu'il en mourrait s'il ne pouvait la conquérir. C'était Nanette et seulement elle qu'il voulait à ses côtés dans un lit d'épousée. Personne ne pourrait jamais la remplacer. Ah! pourquoi son parrain n'avait-il pas extrait la dent?

Après un accès terrible de désespoir, une idée germa dans sa tête. Une idée écarlate, porteuse de sang qui gicle.

Le coffre à outils de son grand-père était bien garni. Il choisirait les meilleures tenailles et procéderait lui-même à l'opération. La molaire en or ne lui résisterait pas longtemps. Et personne dans la famille ne l'empêcherait d'accomplir son

forfait. Fût-il obligé de monter dans le clo-
cher pour agir sans témoins!

L'esprit survolté, il se leva d'un bloc. Il
tenait la solution implacable. En même
temps, il sentait un besoin impérieux de
s'accorder un petit remontant.

— Par ici, Catiche. On fait un détour en
bas. Avec un peu d'alcool dans les
boyaux, tout ira comme sur des roulettes.
Tu verras, demain j'aurai mon trésor. Hue
donc!

9

LE COLOSSE DE LA RUE CHAMPLAIN

Tit-Paul quitta la place du Marché, enfila la rue de Buade et descendit la chic côte de la Montagne. La Basse-Ville de Québec et le fleuve s'étendaient devant lui.

La marée descendait, allongeant la rive devant les quais. L'après-midi s'étirait en des couleurs tamisées qui annonçaient la fin de cette chaude journée de septembre.

Le garçon vit sa chanson d'amour refaire surface. Il menait la jument en chantant :

Au moulin, y'avait une belle, Diguedondi, diguedondelle, De Neuville la plus jolie, Diguedondelle dondi !

Un marin qui passait par là, lui cria :

— Eh toi, tu as envie de fêter ? Suis-moi, je t'offre un verre.

— Justement, j'allais prendre un p'tit coup de rien.

Il tâta la monnaie de son parrain dans sa poche. L'opération magistrale qu'il voulait entreprendre le galvanisait et l'effrayait en même temps. Il lui semblait manipuler déjà les tenailles de fer de son grand-père pour extraire sa dent. Ses mains tremblaient, ses doigts se contractaient. Un arrêt s'imposait. D'un mouvement nerveux, il fit tourner la charrette dans la rue Champlain.

Des tavernes et de nombreux cabarets bordaient cette rue populaire. Le marin eut tôt fait de se diriger vers un établissement douteux. Effarouché par l'allure délabrée du débit de boisson, Tit-Paul hésita un moment.

— *Come, come*, fit un client au nez rouge sur le pas de la porte de la taverne.

— C'est mon ami, répliqua le marin; il s'en vient tout de suite.

D'un bond, le garçon descendit de sa charrette, se répétant que l'eau-de-vie ne lui causerait pas de dommage. Quelques gorgées et il retournerait au galop à la ferme de Neuville, avant la tombée de la nuit. Il caressa Catiche d'un revers de main et l'attacha solidement en bordure de la rue.

— Je reviens dans un instant!

La bête venait de découvrir une talle de fleurettes appétissantes et ne demandait qu'à s'arrêter un peu. Tit-Paul suivit donc le marin et le personnage au nez rouge. Jamais, au grand jamais, il n'était entré dans une taverne. «Des lieux de perdition», disait son père. Frissonnant malgré la chaleur, il se dirigea vers une table avec ses nouveaux compagnons.

L'endroit était sombre. La lumière n'y pénétrait que par d'étroites fenêtres basses. Des hommes en uniforme de marin et quelques civils étaient attablés autour d'eux. Ils riaient grassement. Des jurons éclataient dans plusieurs langues.

Notre ami remarqua à sa gauche un colosse dont la poche arrière de la salopette était garnie d'outils luisants. Des outils finement polis comme il n'en avait pas vu souvent. Dans la semi-pénombre, ces objets brillaient comme des bijoux. Il ne put s'empêcher de glisser les doigts sur une délicate paire de pinces.

Le marin le rappela à l'ordre.

— On est ici pour le liquide. Pas pour les poches des clients.

— J'ai jamais voulu rien prendre.

— OK. Trinque et reste à ton affaire.

Tit-Paul souleva le verre placé devant lui et le vida d'un coup, pressé d'en finir. La boisson forte lui mit l'estomac en flammes et engourdit ses facultés. Comme il se levait en titubant, le colosse se dressa devant lui et, avec un fort accent irlandais, lui déclara:

— Paraît que tu flattes mes outils! Je peux les essayer sur toi si ça te chante.

— Non, non. Je veux, hic! juste me débarrasser d'une dent!

— C'est mon affaire, enchaîna l'autre d'un ton joyeux. Sur le bateau, j'opère sans arrêt. Barbier, ébéniste, chirurgien, serrurier. *Yes, Sir!* Pat O'Connor fait tout. Tu me donnes le contrat pour ta dent?

La langue pâteuse et les jambes molles, le garçon répondit sans conviction.

— De… demain je, hic! reviendrai.

— *Right now! Sit down!** Pouis ouvre la bouche.

Avant qu'il ne puisse s'échapper, le malheureux se retrouva assis sur une chaise branlante, la mâchoire tenue ouverte par des doigts crasseux. L'haleine de boisson

---

* Tout de suite! Assieds-toi!

qui enveloppait sa figure lui déclencha un haut-le-cœur.

— *Quiet !* Tiens-toi tranquille. Montre-moi laquelle te chatouille, sinon je fais mon choix.

D'un doigt hésitant, Tit-Paul pointa la molaire en or parmi ses dents de la rangée du bas.

— *Marvelous !** s'exclama O'Connor. C'était celle-là que je voulais ôter. Apportez des chandelles, je veux voir clair.

Le patient forcé s'agita sur sa chaise en proie à une terreur folle. Quoi ? Ce bandit allait lui ravir sa dent en or ? Il tenta de fuir une autre fois, mais en vain. Une vigoureuse paire de bras l'immobilisa et un solide coup de poing sur le front le fit tomber dans les pommes.

Quand, sous la flamme vive, la paire de pinces du colosse se mit à luire, Tit-Paul revint subitement à lui. Il contracta son corps et se promit de récupérer sa dent, coûte que coûte.

Quelques secondes plus tard, l'instrument fourrageait dans sa bouche et

---

* Merveilleux !

---

prenait solidement prise sur la molaire dorée. Pat O'Connor commença par ébranler les racines de la dent en tirant très fort de gauche à droite. Du sang jaillit. On versa une trombe d'eau glacée sur les gencives de la victime, puis le bourreau se remit au travail.

Malgré l'immense douleur qu'il ressentait, Tit-Paul continuait de se raidir. Jamais il ne laisserait son trésor se perdre. Soudain, il lâcha un hurlement épouvantable qui retentit dans tout l'établissement: la molaire en or était entre les pinces du colosse.

L'apprenti chirurgien se mit à giguer avec entrain, oubliant son patient. La bouche ensanglantée, le garçon se jeta en criant sur lui. Le colosse recula de quelques pas et partit à rire.

— Ah! Ah! Ah! *Look at him!* Regardez-moi ça!

D'autres clients, excités par la vue de l'or et du sang, se ruèrent sur O'Connor en le frappant des pieds et des mains. Des chaises tombèrent sur le plancher et une bagarre monstre éclata. Soudain, la dent roula par terre.

Tit-Paul, réfugié sous une table, son mouchoir rougi en travers de la figure, n'avait rien perdu de la trajectoire de sa molaire. Il plongea par terre à sa recherche. Pendant que les coups pleuvaient au-dessus de lui, il fouillait à tâtons le dessous des tables et des chaises. Il ne tarda pas à sentir sous ses doigts un petit morceau de métal doux, de forme irrégulière: sa molaire en or!

Il pleura de joie en la mettant dans sa poche de chemise. En rampant, il réussit à gagner la porte et s'éclipsa, laissant derrière lui un tintamarre géant. Trop saouls pour se rendre compte que l'objet de leur rixe avait disparu, les clients de la taverne continuaient à se battre et à lancer des bouteilles de boisson.

Une fois dehors, Tit-Paul tenta de se mettre debout, mais n'y arriva point. L'opération sauvage d'extraction dentaire avait miné ses forces. Il se traîna jusqu'à la charrette, crachant le sang et suant à grosses gouttes. Catiche tourna la tête de son côté en avançant de quelques pas.

— Ho! Attends donc, se lamenta Tit-Paul. Laisse-moi une chance! Je suis à moitié mort.

De peine et de misère, il réussit à grimper dans la voiture. Le visage tuméfié, les vêtements maculés de sang, il n'en menait pas large et souffrait horriblement. Il déchira un morceau de sa chemise, puis le mordit très fort pour arrêter l'hémorragie. Avec une détermination sans bornes, il s'empara ensuite des guides et fit rebrousser chemin à la jument.

Par un petit miracle, il arriva à la convaincre de remonter la côte à pic et de gagner l'enceinte de la vieille ville, côté porte Saint-Jean. Le chapeau de paille enfoncé jusqu'aux oreilles, la chemise à peu près camouflée par une vieille veste restée dans la charrette, il avait l'impression de cheminer en pays étranger. Des lanternes s'allumaient devant les établissements et la brunante s'étendait sur les faubourgs. Le temps avait filé et, avec lui, le reste du jour.

Perclus de douleur, Tit-Paul se sentait dépassé par la distance à franchir. Il ferma les yeux, incapable de supporter le mouvement de la charrette. À peine hors les murs de la ville, il s'écroula inconscient sur les planches mal équarries de son véhicule.

La jument comprit que son maître avait besoin de repos et se rangea sur un chemin de traverse. Le soir était maintenant venu et peu de gens se risquaient à circuler, craignant de rencontrer des bandes de voyous ou de marins éméchés.

Le malheureux se retrouva seul sous les étoiles, écrasé par la douleur. Il finit par rouvrir un œil effaré, puis il sombra dans un sommeil de plomb, la tête lourde comme cent mille épis de maïs.

10

LE RETOUR DU CHERCHEUR D'OR

À la ferme de Neuville, la mère de Tit-Paul ne cessait de se tourmenter depuis que le jour était tombé.

— L'opération a mal tourné, répétait la femme éplorée. Pauvre garçon! Son parrain a dû être obligé de le garder plus longtemps.

— C'est juste une dent, disait son mari. Pourvu qu'il ait pas eu l'idée d'aller s'amuser en ville. Le soir, des bandits rôdent dans les rues. Maudit écervelé!

— Hector, je le connais, notre gars! Jamais il ferait ça.

Le grand-père plissait les yeux et demeurait silencieux. «Une histoire d'amour, pensait-il, ça peut mal virer. Surtout quand des musiques s'en mêlent. Le violon d'Eugène, il jette des sorts. Je le sais depuis toujours. Attendons pour voir.»

Le sommeil eut raison de l'aïeul qui tomba endormi vers les huit heures du soir. Deux heures plus tard, le père décidait d'aller se coucher, laissant à sa femme le soin d'attendre le retardataire.

— Réveille-moi quand il arrivera. Je m'occuperai de lui! gronda-t-il, en proie à une colère sourde. Je lui apprendrai à vivre s'il le sait pas encore. Il sera pas dit qu'on aura un voyou dans la famille.

La mère s'installa dans la chaise berçante près de la fenêtre, un châle de laine tricotée sur les genoux. Ses doigts couraient le long de son chapelet et ses lèvres bougeaient silencieusement. Une inquiétude sans bornes la rongeait. Son garçon souffrait-il de sa dent ou était-il tombé entre les pattes de dangereux bandits?

À l'aube, quand l'aïeul se leva, la cour était vide et Tit-Paul absent. Il s'approcha de la fenêtre, hésitant à donner son opinion.

— C'est peut-être un coup du malin. Les filles sont trop belles par ici. Un gars amouraché, ça peut commettre n'importe quoi. Je vais aller sonner les cloches pour chasser les démons.

— Modérez-vous, pour l'amour du ciel! dit la mère de Tit-Paul. Vous pensez tout de même pas qu'il est allé passer la nuit avec une fille de rue. Je le connais. C'est pas possible! Attendez un peu, je réveille Hector. On va savoir exactement ce qui est arrivé.

Une demi-heure plus tard, Armand, le fils aîné de la famille, quittait le rang pour aller aux nouvelles à Québec. Des bandes grises traversées de lueurs rouges défilaient au-dessus de sa tête, balayées par le vent. La campagne semblait se recouvrir d'un voile mouvant, parsemé de traînées sanguinolentes.

Après son départ, les cloches de l'église sonnèrent à la volée dans le village de Neuville. Derrière sa fenêtre, la mère reprit ses prières.

Lorsque l'aîné arriva sur le chemin Sainte-Foy, non loin de la porte Saint-Jean, Tit-Paul se réveillait à peine sur son lit de fortune. Il devait être autour de sept heures et demie. Armand avait voyagé vite, irrité par les agissements de son frère et impatient de le retrouver. Rendu à la hauteur du chemin de traverse, il avait les yeux rivés sur les fortifications et se réjouissait d'être enfin à Québec. Déjà, il pensait au copieux déjeuner que le parrain du *courailleux* ne manquerait pas de lui offrir. Fatigué de son long voyage, il n'accorda aucune attention à la charrette immobile dont un coin dépassait.

Il ne pouvait se douter que, sur cet équipage, un garçon à la figure amochée commençait à s'agiter. Avide de nouvelles, l'envoyé des parents se rendit donc chez le chirurgien dentiste. Au bout de vingt-cinq minutes, il en ressortit à peu près bredouille.

Durant cet entretien, Tit-Paul s'était réveillé pour de bon. Une lumière vive l'enveloppait. Dépaysé, il se dressa dans la charrette, la bouche raide et douloureuse. Il avait complètement oublié le drame vécu dans la Basse-Ville de Québec. Où était-il donc?

Il se laissa glisser sur le sol et caressa la jument qui dévorait hardiment des touffes d'herbes folles en guise de déjeuner. Un élancement aigu percuta soudain sa mâchoire et l'ébranla. Les évènements de la veille lui revinrent comme des épines incrustées dans sa chair vive: le voyage, le parrain, la taverne, les pinces, le colosse, la dent. Sa molaire en or!

Son sang fit un tour pendant qu'il plongeait la main dans sa poche de chemise. Ouf! Elle était bien là.

Un chercheur d'or n'aurait pas été plus fier. Sauf qu'il ressentait un malaise terrible à la figure et une étrange chaleur baignait son corps, malgré la fraîcheur du matin. Néanmoins, il remonta sur son siège et reprit la route vers Neuville.

— Hue! Catiche! Vas-y!

Arriverait-il à temps pour rencontrer Nanette? La matinée était jeune, mais il lui restait un long chemin à parcourir. Il se cramponna à la charrette alors que la jument partait au trot.

L'amour fou qu'il portait à sa douce amie le fit résister à l'interminable parcours, à la fièvre qui montait, aux tiraillements de sa mâchoire. Souffrant le martyre, il se tenait raide comme un piquet, l'esprit rivé au souvenir de Nanette. Dès qu'il aperçut le fleuve, il s'y arrêta pour boire.

La marée montait dans un puissant roulement de vagues et les eaux viraient au vert sombre. Tit-Paul se pencha sur l'étendue houleuse. La tête qui se reflétait au-dessus de l'eau lui fit peur. Il ne se reconnaissait plus dans ce gars à la face boursouflée et aux traits ravagés. À pleines mains, il se doucha la figure pour tenter d'atténuer l'enflure et calmer la douleur.

«Tant pis! se dit-il au bout de quelques minutes. Nanette ne verra que l'or de ma dent. Elle va se pâmer d'admiration et me tombera dans les bras.»

Remis d'aplomb, il reprit son parcours, se gorgeant du souvenir des rondeurs de sa belle, de sa taille, de la soie rousse qui recouvrait ses épaules. Les mots de sa chanson tintèrent à son oreille comme des clochettes annonçant une grande fête.

Un «voilier» d'outardes passa au-dessus de son équipage en lançant des cris nasillards. Il reconnut des petits avec leurs parents, en route pour des régions plus chaudes. Mus par leur instinct, les oiseaux migrateurs filaient à pleine vitesse.

Leur joyeuse échappée l'encouragea à tenir le coup. Il les suivit des yeux jusqu'au moment où ils devinrent des points noirs à l'horizon.

«Si je pouvais m'envoler comme eux, se dit-il, j'arriverais au moulin en moins de deux minutes.»

Plus tard, au milieu du voyage, le souvenir de sa famille lui causa une nouvelle émotion. Qu'allait dire son père de son escapade? Il entendait déjà le flot de paroles rageuses que son paternel ne manquerait pas de lui servir. Ce serait la tempête, voire l'ouragan, dès qu'il franchirait la porte.

Son père irait-il jusqu'à lui infliger une raclée? Sa mère l'en empêcherait, à coup sûr. Peut-être à genoux et en pleurs.

Il s'efforça d'oublier cette scène de cauchemar et se concentra sur sa mission à terminer, sur son cadeau extraordinaire à offrir à la fille du meunier.

Pendant ce temps, à la ferme au toit gris, la tension continuait de monter d'un cran chaque heure qui passait.

Le père avait regagné son champ afin de poursuivre son travail. Périodiquement, il réapparaissait à la maison, de plus en plus furieux.

Rendu vers les onze heures et quart, Hector éclata d'une colère terrible en l'absence totale de nouvelles. L'aîné n'était pas revenu et rien n'annonçait le retour du mécréant.

Juste à ce moment, la charrette de Tit-Paul s'immobilisa sur le chemin du Roy, non loin du moulin à farine du seigneur Deschenaux.

11

AMOUR, TOUJOURS AMOUR!

Le fleuve n'avait cessé de grossir durant la matinée. Les vagues crachaient l'écume et le vent soufflait avec rage. Des nuages violets traversaient le ciel à toute vitesse, tandis que les herbes penchaient jusqu'à terre. On aurait dit que les éléments s'étaient réunis pour ralentir le voyageur. Seul le désir de revoir sa belle tenait encore Tit-Paul sur sa charrette.

Quand, du chemin du Roy, il aperçut la structure du moulin, la conscience du temps le frappa comme un boulet. Une immense tristesse le déchira.

Il devait être tard. Nanette était sans doute déjà repartie. Sans compter qu'il ne pouvait se présenter devant elle ainsi habillé. Il devait d'abord passer à la ferme de ses parents pour se changer. Ce qui le retarderait d'autant et lui attirerait de multiples ennuis.

Étourdi et fiévreux, il se sentait incapable de repousser son projet d'une minute. Il caressa sa dent en or dans la poche de sa chemise. Ce contact lui insuffla une idée téméraire. En marchant le long de la rivière, il pourrait atteindre la fameuse porte par laquelle la fille du meunier filait en douce. Si elle s'y trouvait encore, elle tomberait face à face avec lui. C'était sa dernière chance.

Il fit avancer la jument jusqu'au bord du cours d'eau et descendit de la charrette. La vue du rocher en forme de molaire rendit son esprit encore plus délirant. Rien ne pouvait plus le retenir: ni sa chemise tachée, ni sa figure déformée par l'enflure, encore moins son immense lassitude. Il déposa la dent dorée au creux de sa main et marcha vers le moulin d'un pas qu'il voulait ferme.

De son côté, impatiente de le revoir, Nanette était partie plus tôt que de coutume. En plus de son panier chargé de provisions, elle tenait un sac à farine vide dans lequel elle avait dissimulé le vieux violon.

Sa sœur Élodie, la voyant ainsi chargée, lui avait demandé d'un œil entendu:

— Veux-tu que j'aille avec toi au moulin? Je pourrais t'aider avec tes paquets.

— Laisse faire! Je peux me débrouiller toute seule.

— C'est le lutin malin que tu caches dans la poche de farine? Attention à…

Une paire de gifles avaient rougi les joues de la fillette avant la fin de sa phrase. L'impertinente! La belle quitta la maison, contrariée et inquiète. Ainsi, Élodie avait mis le nez dans ses affaires. Avait-elle parlé de sa découverte à quelqu'un?

Nanette s'était promis d'avoir une explication avec sa sœur en revenant. Mais elle était trop troublée pour se concentrer sur cet incident. Chaque minute, il lui semblait s'ennuyer davantage de son amoureux.

Une fois dans le sentier qui conduisait au moulin, elle avait turluté la chanson de Tit-Paul dans l'espoir de le faire apparaître. Refrain et couplets s'enchaînaient de nouveau sans effort. *Au moulin, y'avait une belle, Diguedondi, diguedondelle… Sans fin je soupire, Amour nous appelle…*

Au bout du chemin, hélas, Tit-Paul n'y était pas. Nanette attendit longtemps, plantée non loin de la cour où s'arrêtaient les habitants. Son père, impatienté, envoya un engagé récupérer le panier du déjeuner. Quand elle entra dans le moulin, le meunier la tança vertement:

— Ma fille, qu'est-ce que tu faisais près des charrettes? Tu dois jamais te montrer là. C'est la place des hommes.

Nanette s'excusa, prétextant qu'elle croyait avoir perdu un ruban. Elle sortit ensuite par la porte de côté. Elle eut le choc de sa vie quand elle aperçut Tit-Paul, méconnaissable, un objet insolite et brillant à la main.

— J'ai l'or! s'écria-t-il en prenant son élan vers elle.

Il ne put ajouter d'autres paroles. Son pied maladroit glissa dans l'herbe et il perdit l'équilibre. Deux secondes plus tard, il dégringolait sur la berge. La molaire en or prit la direction de la rivière et, après un plouc! dramatique, s'enfonça dans les eaux tumultueuses. Tit-Paul lança un cri désespéré et plongea à son tour.

Le malheureux ne savait pas nager et se débattait en agitant bras et jambes dans le courant rapide. Nanette se précipita à la rescousse et lui tendit le violon pour qu'il s'y agrippe. Le jeune homme s'y accrocha avec une telle fougue qu'elle tomba à son tour.

Lorsqu'elle fut contre lui, il l'étreignit, perdant toute raison. Nanette ne put résister aux caresses du garçon et se laissa caler au fond de l'eau. Unis amoureusement, ils connurent un instant de paradis dans les profondeurs de la Rivière-à-Matte.

Au même moment, une petite personne aux longues tresses se rua dans le moulin en criant. Élodie avait suivi de loin sa sœur et assisté à la scène de la rencontre des amoureux. Quand elle les vit disparaître sous l'eau, elle comprit qu'un malheur se préparait. La fillette alerta le meunier qui partit en courant avec ses deux engagés.

Étrangement, sur la rivière ne flottait plus que le violon. Les hommes ne virent aucune trace des corps des jeunes gens.

Les engagés coururent chercher des perches et entreprirent de fouiller le fond.

Le meunier se promenait de long en large, dévasté par la douleur. Il fit mander sa femme, les parents et le grand-père de Tit-Paul.

Ils arrivèrent à peu près tous en même temps. Le père et la mère de Tit-Paul étaient blancs comme des draps et la femme du meunier pleurait. Le grand-père scrutait les flots en priant silencieusement.

Dans l'intervalle, d'autres hommes s'étaient joints à la recherche des amoureux engloutis. Sans le moindre succès. On avait rapporté seulement le violon. Élodie le serrait contre elle et en pinçait l'unique corde. Le son obtenu était si déchirant qu'il écorchait l'oreille comme la pointe d'un couteau.

Deux minutes plus tard, un des engagés revint, en proie à une excitation monstre.

— On les a trouvés! Ils étaient enlacés près de la grosse roche qui ressemble à une dent. Quand on a voulu s'approcher d'eux, ils ont disparu. Je vous jure que c'est vrai. Ils sont pas morts!

— Tu mens, Cyprien! cria le meunier.

Mais le deuxième gars arriva à son tour avec la même histoire. L'assemblée se déplaça de peine et de misère le long de la rivière jusqu'au rocher en forme de molaire. Les jeunes gens ne s'y trouvaient pas.

Une lumière étrange frappa alors le rocher qui se mit à briller. Deux mouettes rieuses vinrent s'y poser côte à côte, puis s'envolèrent gaiement vers le fleuve. Le grand-père déclara:

— Nos jeunes ont dû prendre le large, eux autres aussi. Je vous en donne ma parole, ils vont s'aimer pour l'éternité!

Soudain, une chanson s'éleva, interprétée par une voix très claire, soutenue par une musique de violon entraînante et irréelle.

Au moulin, y'avait une belle, Diguedondi, diguedondelle… C'était Élodie qui chantait. Les mots effleuraient à peine sa langue et le violon jouait tout seul. L'instrument avait retrouvé sa sonorité d'antan. La mélodie vibrait délicieusement et donnait même envie de danser!

Un vent plus doux souffla sur Neuville. Quelque part, Tit-Paul et Nanette s'aimaient d'un amour impérissable. Le violon ensorcelé du vieil Eugène venait de sceller leur tendre union!

Depuis ce temps, on dit que, par les soirs de pleine lune, le rocher devient teinté d'or et des musiques bercent le cœur des amoureux. L'âme des amants répand des effluves d'amour dans ce coin de pays bordant le Saint-Laurent.

Marleau,
le coureur de jupons

1

LE MYSTÉRIEUX CAVALIER

Malin Marleau était un gars qui aimait les filles et n'avait pas peur du curé. *Bedondi, bedondaine*, les jours de pluie comme les jours de beau temps, il rôdait autour de l'église pour les admirer.

Le coquin était apparu au village durant un été de l'année 1851. On ne savait d'où il venait. Ni l'âge qu'il avait. On lui donnait la vingtaine. Certains racontaient qu'il était né à Montréal. D'autres prétendaient qu'il sortait des vieux pays, ou bien d'ailleurs.

Chose certaine, il ne manquait pas une sortie de messe durant la semaine. Posté en retrait, il reluquait les belles. Entre toutes, il préférait la délicieuse Agathe qui assistait chaque matin à la messe avec sa grand-mère. L'impie ne mettait jamais les pieds dans le temple sacré, mais il se délectait des doux visages aspergés d'encens et d'eau bénite.

Ses visites faisaient monter la moutarde au nez de monsieur le Curé, quand ce dernier l'apercevait du presbytère. Entre deux lignes de lecture de son bréviaire, il lui lançait sévèrement:

— Hé! Marleau. Je t'attends samedi à la confesse. Je suis certain que tu as des histoires à me raconter.

— Sauf votre respect, j'aimerais mieux vous les conter ailleurs que là!

— Suppôt de Satan, murmurait entre ses dents le saint homme qui reprenait ses prières avec dévotion.

Même le dimanche, jour du Seigneur, Marleau n'entrait pas dans l'église. Il montait son cheval en le promenant comme un animal de cirque. Il lui faisait exécuter des pas recherchés ou des sauts périlleux sur les chemins de campagne. Et ce, durant une bonne partie de la journée.

Les filles guettaient avidement le cavalier téméraire et son spectacle excentrique. *Bedondi, bedondaine*, il savait les séduire par sa prestance et son allure intrépide.

Le plus inquiétant, c'était la voix puissante du fieffé conquérant. Il chantait mieux qu'un merle, Malin Marleau! Du haut de son cheval, en ces dimanches de la douce saison, il entonnait des airs à rendre jaloux les chanteurs d'opéra. Il avait un répertoire varié et lorsque par les champs ou au bord du fleuve il se lançait dans des romances, on aurait dit que les oiseaux eux-mêmes se taisaient pour l'écouter.

Bedondi, bedondaine, ses chants retentissaient au-dessus des calèches transportant les fidèles à l'église ou se répercutaient sur les vérandas quand, l'après-midi, les filles s'esquintaient à la broderie ou à la dentelle.

Depuis sa venue, Marleau semait l'anxiété, sinon la terreur, auprès des parents des jeunes filles. Les pères s'en méfiaient comme de la peste et interdisaient à leurs pucelles de lui jeter le moindre regard. Les mères ramenaient les filles à leurs travaux d'aiguille afin qu'elles préparent dignement leur trousseau de future mariée.

Entre leurs cils baissés, les rêveuses ne manquaient pas une prouesse du rebelle. Les cœurs battaient la chamade sous les corsages rosés. Des sourires montaient même aux lèvres et les mains timides esquissaient des salutations, vite réprimées.

Avec sa haute taille et ses cheveux longs, noirs comme du jais, il avait la beauté du diable, Malin Marleau. Cabaretier de profession, il voyait la fortune lui sourire sans démentir. Les temps étaient difficiles et quoi de plus efficace qu'un bon coup de rhum ou de whisky pour remonter le moral! Même si les débits de boisson ne manquaient pas, Marleau tirait fort bien son épingle du jeu.

À l'arrivée de la nuit, quand il fermait son cabaret, il comptait ses profits et se réjouissait. Au matin, il partait à la conquête des espaces et des demoiselles. Il était clair qu'il cherchait bien davantage que le succès commercial.

Agathe n'échappait guère à l'envoûtement créé par le beau garçon impie. Depuis la mort de sa mère, emportée par une pleurésie, elle menait une vie austère entre son père et sa grand-mère Régina.

À la maison, elle n'avait aucune distraction et les embêtements pleuvaient sur elle. Son petit frère Oscar, âgé de onze ans, ne pensait qu'à lui jouer des tours. Agathe en avait assez. On aurait dit qu'il était né pour inventer des agaceries. Quand ce n'était pas une grenouille jetée dans sa soupe, c'était une assiette renversée sur sa robe avec tout son contenu ou des souris cachées dans son lit.

Plus il grandissait, plus le garnement multipliait les mauvais coups à l'égard de sa sœur. L'apparition du beau cabaretier vint soudain créer une diversion.

À dix-sept ans, Agathe n'avait jamais eu d'amoureux. Elle n'allait pas plus loin que le bout du champ de la ferme familiale et sa randonnée quotidienne à l'église était une exception. Avec l'aïeule, elle priait pour le repos éternel de sa maman partie trop tôt. Ce pèlerinage était sa consolation. Le paternel étant trop occupé par ses travaux, il laissait partir « ses femmes » avec la voisine âgée et son mari. Tous les quatre, ils assistaient pieusement à la messe de six heures.

Voilà que, depuis juillet, la sortie sainte s'était transformée en fête du cœur pour la quasi-orpheline. Un gars bien bâti, doté d'une puissante chevelure, la zieutait. Oh! il avait l'air de regarder également toutes les pieuses femmes. Mais Agathe devinait bien, pardi, qu'il s'intéressait à elle plus qu'aux autres.

Elle sentait son regard sombre dirigé sur sa figure ou sur sa robe de coton frais. Chaque matin, tandis qu'elle descendait les marches de l'église, un feu particulier embrasait sa poitrine et ne s'éteignait que lorsqu'elle était endormie.

Quels rêves extraordinaires l'habitaient alors! Des rêves où l'amour prenait un espace grandiose. Un inconnu l'emportait sur son cheval, lancé au galop. Ensemble, ils franchissaient les rivières et fossés. Au bout d'un voyage exaltant, elle se retrouvait dans une prairie verdoyante. Devant elle, un homme séduisant chantait en lui ouvrant les bras. Confiante, elle courait s'appuyer sur son épaule virile.

Quand elle se réveillait, le cœur battant, la chambre lui paraissait morne et vide. Elle se consolait en ajoutant un brin de coquetterie à son costume.

Un petit fichu dans le cou par-ci, une nouvelle boucle dans les cheveux par-là, elle était guillerette et pimpante lorsqu'elle descendait à la cuisine retrouver mémère Régina. Cette dernière, n'y voyant plus trop clair, ne remarquait pas le soin nouveau qu'Agathe apportait à sa tenue. Elle se contentait de lui dire :

— Enfin parée, ma fille ? Tu prends trop de temps à ta toilette.

— Elle se décore pour le vicaire, disait le tannant d'Oscar.

— Tais-toi ! chuchotait Agathe. Je m'en vais prier.

Sans l'avouer à personne, encore moins à elle-même, elle avait de plus en plus hâte d'aller à son rendez-vous discret après la cérémonie.

L'audacieux cabaretier ne manquait pas de noter les changements dans l'apparence de la jeune fille. Avec les nouveaux colifichets qu'elle arborait, il la trouvait chaque jour cent fois plus désirable.

2

MARLEAU TEND SON FILET

Un lundi matin du mois d'août, Malin Marleau quitta son poste en face de l'église en sifflotant. Il n'attendrait pas l'hiver pour s'approcher de la coquette. *Bedondi, bedondaine*, il avait résolu de l'attirer dès l'après-midi de ce jour.

L'impudent se promettait de lui toucher le bout des doigts, des lèvres... et davantage s'il le pouvait. Ce jour étant son anniversaire, il voulait s'offrir des fruits de saison bien frais. Des idées saugrenues, Marleau n'en manquait pas, de l'audace non plus.

Le moment de la récolte des grains arrivait. Chargées d'épis dorés, les tiges de blé étaient mûres pour la moisson. La terre avait été généreuse et le père d'Agathe avait dû faire appel à un engagé. Un deuxième viendrait peut-être aussi. Avec autant de céréales à moissonner, les bras de sa fille, ceux d'Oscar et les siens ne suffisaient pas pour venir à bout de la tâche.

C'était un dur labeur de couper les céréales à la faucille et le soleil de plomb ajoutait à la fatigue. De plus, le champ était étendu et il fallait se hâter afin de pouvoir lier le blé en gerbes avant la pluie.

Ce matin donc, dès qu'elle eut fini ses dévotions, Agathe passa un tablier mauve sur sa robe à marguerites et s'en fut au champ. Son père lui indiqua le coin où elle devait travailler. Avec application, la belle commença à besogner.

L'engagé, un nommé Gilles Demers, originaire des faubourgs de Québec, avait aperçu le joli minois de la jeune fille. Il se promettait de parler à Agathe dès que la chance se présenterait. De blonde, il n'avait point, et ses intentions étaient claires comme le jour. Conduire Agathe au pied de l'autel en robe de mariée, voilà ce qu'il espérait. Tout en s'activant autour des tiges de blé, il surveillait les allées et venues de la jeune fille.

Le pauvre ne savait pas quel rival s'était pointé à la lisière de la forêt. Un rival futé et malicieux.

Malin Marleau avait réussi à déjouer la surveillance du père d'Agathe. De loin, ce dernier l'avait confondu avec le deuxième engagé devant arriver plus tard. Avec sa faucille sur le dos, un seau de nourriture à la main, un chapeau cabossé sur la tête, le malotru s'était glissé au bout du champ sans problème.

Seul Oscar la fouine l'avait repéré et s'en fut l'examiner de près. Marleau le paya argent sonnant pour qu'il se taise. Le petit gars avait été épaté en voyant les pièces. On n'en trouvait pas beaucoup dans le pays et les gens s'échangeaient des produits plutôt que de l'argent. Ce que l'enfant ne savait pas, c'est que les pièces étaient anciennes et ne seraient d'aucune utilité pour lui.

Ignorant le tour de passe-passe du cabaretier, il sourit sournoisement à sa sœur lorsqu'elle commença son travail. Agathe lui conseilla de s'occuper de moissonner plutôt que de flâner et le chassa.

Quand le faux engagé se glissa auprès d'elle, sous prétexte de l'aider à mieux manier son outil, elle faillit s'évanouir. Elle avait reconnu sans peine l'homme vigoureux qui nourrissait ses rêves.

Une fois ressaisie, Agathe ouvrit la bouche pour exprimer sa surprise. Malin Marleau lui fit signe de se taire et lui glissa à voix basse:

— Après-midi, venez à l'orée du bois. Je connais un endroit où poussent des plantes exquises.

— Ah oui? Je possède déjà une collection d'herbes et de plantes.

— Venez quand même! insista le gars. Celles-là sont spéciales. Elles dégagent une odeur de menthe fraîche.

Malin Marleau lui fit un clin d'œil et glissa sa main le long d'un bras satiné qu'il sentit frémir. Aussitôt après, il s'effaça, craignant d'être repéré.

Joseph Bédard, le père d'Agathe, ne prenait rien à la légère quand il s'agissait de sa fille ou de sa terre. Il avait la réputation d'être un homme sévère et juste.

Le voyou ne tenait pas à le provoquer. En attendant le moment choisi, il se tint dans le bois, à l'abri des regards indiscrets. Surtout que le deuxième engagé, un homme plus âgé, venait d'arriver.

Dans sa retraite feuillue, Marleau turlutait. *Bedondi, bedondaine,* il se réjouissait de la venue de la donzelle, occupée maintenant à se restaurer avec les siens. Lui, il n'avait pas besoin de nourriture. Entre ses doigts alertes, il aurait bientôt de la chair tendre d'agnelle. C'était déjà délicieux d'y penser et il gardait son appétit. Il grignota à peine quelques bouchées de pain puisées dans son seau à provisions.

À midi, Jos Bédard se leva pour réciter l'Angélus*. Les travailleurs et les enfants firent de même. Les cloches sonnaient et chacun se recueillait avant de reprendre le labeur. Il restait plusieurs heures de moissonnage avant de terminer la journée. Chacun devait retrouver l'énergie nécessaire à la tâche.

Une fois la prière terminée, Agathe demanda la permission de se retirer à l'ombre. Étant sensible au soleil, elle avait coutume de se mettre à l'abri durant la période la plus chaude.

Son père ne s'étonna pas de sa requête, sachant qu'alors elle employait son temps

---

* Angélus: prière à la Vierge que l'on récitait à midi au son des cloches.

à chercher des herbes médicinales, comme le lui avait enseigné sa mère autrefois.

— Vas-y, ma fille, et retourne à la maison si ça va pas.

L'engagé amoureux la regarda s'éloigner avec tristesse. Il avait vainement cherché à attirer l'attention d'Agathe durant la pause. Impossible de la retenir plus d'une parcelle de seconde. La jolie demoiselle se détournait sans cesse vers la forêt.

Son regard, aussi mauve que celui de son tablier, avait conquis le travailleur par son intensité. Il espérait qu'elle soit en meilleure forme le lendemain. À regret, il reprit le moissonnage avec les autres.

Agathe se dirigea donc vers le bois avec un panier qu'elle remplirait d'herbes propres à soigner. Elle se demandait quelle plante au parfum si délectable le séduisant personnage avait découverte.

Le beau chanteur de ses rêves aurait-il un secret à lui communiquer ? Pour avoir l'occasion de le revoir, elle était prête à tenter l'aventure.

À peine venait-elle de se pencher sur des plants de saponaire*, que Malin Marleau lui susurrait un compliment entre les arbres. L'individu tenait entre ses mains une variété de feuilles vertes qu'elle ne pouvait identifier. Il l'invita à s'approcher davantage.

Intéressée par le grand gars bien plus que par les végétaux, elle avança de quelques pas. Marleau ne cessait de reculer. Inquiète, elle s'arrêta au bout de deux minutes.

Le frétillant mâle perçut son hésitation et franchit d'un saut la distance qui les séparait. Il posa son paquet par terre, s'empara de la main libre de la jeune fille et la baisa fougueusement. Agathe devint rouge cerise. Avant qu'elle ne retrouve ses esprits, il lui souffla à l'oreille :

— Aujourd'hui, je n'ai trouvé que ces feuillages. Demain, j'en aurai davantage et des plus parfumés. Revenez à la même heure. Je vous attendrai.

Le filou s'étira pour caresser la hanche de la fille convoitée quand soudain un éternuement sonore retentit.

---

* Saponaire : plante aux propriétés antiseptiques.

Tirée brusquement de sa rêverie éveillée, Agathe se hâta de fuir, tandis que Malin Marleau prenait aussi la poudre d'escampette. Rendu de l'autre côté de la forêt, il sauta sur son cheval, qu'il avait pris soin d'attacher à un arbre.

Oscar, caché derrière un chêne, éternua de nouveau. En riant, il détala à son tour. Sa curiosité satisfaite, il reprit son travail dans le champ de blé comme si de rien n'était.

À l'orée du bois, l'amoureuse poursuivit sa cueillette, la tête à l'envers et les jambes molles. Que ferait-elle ensuite? Prendrait-elle le risque d'aller de nouveau à la rencontre du cavalier aux cheveux sombres?

Une voix impertinente, logée quelque part en elle, lui soufflait de se présenter à son rendez-vous.

3

DES PLAISIRS EMPOISONNÉS

Cette nuit-là, les rêves d'Agathe devinrent passionnés. Des caresses s'ajoutèrent aux chansons et aux courses à cheval désopilantes. Les bras du fougueux personnage l'entouraient, ses mains glissaient le long de son dos et de son ventre. La verte prairie imaginaire retentissait de doux cris d'amour.

Quand elle s'éveilla, chavirée et couverte de sueur, elle se signa. Ce n'était qu'un songe. Le jour était levé et le quotidien l'attendait. Un quotidien qui, dernièrement, avait été agrémenté d'émotions vives. Avec diligence, elle procéda à sa toilette et se prépara pour la cérémonie à l'église.

À la sortie de la messe, le coquin séducteur n'y était pas. Il avait choisi de se faire désirer, et, pardi, son manège réussit.

Agathe se tourmenta au sujet de son nouveau prétendant. Peut-être était-il sincère et l'avait-elle fâché en s'enfuyant. Sans aucun doute, elle ne le reverrait plus jamais.

Sur le chemin du retour, elle continua de se faire des reproches. Pour une fois qu'elle avait rencontré un amoureux, la flamme s'était éteinte avant qu'un seul mot doux soit prononcé. Quel gâchis! Sa vie allait reprendre, ennuyeuse comme avant l'arrivée du conquérant.

Pendant ce temps, Marleau enfilait ses plus beaux vêtements et préparait un compliment afin de mieux griser sa proie. Vêtu d'une chemise blanche et d'un pantalon marine, le superbe chanteur de pomme était certain de son succès. *Bedondi, bedondaine,* il se tapait les bretelles avec satisfaction.

Il ne savait pas qu'à la ferme un petit bonhomme avait découvert la vérité sur les pièces de monnaie dans sa poche. Voulant laver sa salopette de travail, mémère Régina les avait trouvées. En revenant de l'église, elle disputa Oscar, présumant qu'il avait volé cet argent ancien. La bonne-maman lui promit de ne rien dire à son père, à condition qu'il le remette à son propriétaire. Un geste que l'enfant avait l'intention d'accomplir… à sa façon!

Le reste de l'avant-midi, tout en fauchant le blé, Agathe ne cessa de réfléchir. Elle brûlait d'en avoir le cœur net quant à la sincérité du beau chevalier. Malgré tout, elle irait au rendez-vous. Sa décision était prise.

Épuisée, autant par l'anxiété que par les efforts déployés avec sa faucille, elle s'affala sur ses jupes en rejoignant son père pour casser la croûte. Ce dernier, la croyant vannée par le travail, la laissa cheminer à sa guise après le repas et l'Angélus.

Quand Oscar vit sa sœur se lever, il s'éloigna aussi, prétextant un besoin urgent. En compagnie du chien, il effectua une cueillette mystérieuse dans des bosquets éloignés. Les mains recouvertes de gros gants empruntés à son père, il cacha soigneusement son butin non loin du bois.

De son côté, le jeune engagé soupira de déception. Il n'avait décidément pas de chance. La belle Agathe ne semblait même pas le voir. Il se promit de lui rendre visite pour la veillée, après le temps des récoltes. Avec un nouveau zèle, il attaqua son ouvrage afin d'impressionner le père Bédard.

Les cloches avaient lancé un tout autre signal que celui de la prière au filou caché dans le bois. Malin Marleau cueillit à la hâte quelques plantes. Se promettant un régal de caresses, il surveilla attentivement les faits et gestes de la moissonneuse. Moins de dix minutes plus tard, l'objet de ses désirs s'en venait vers lui!

Déchirée par ses sentiments, Agathe se dirigeait vers le bois d'un pas hésitant. Marleau siffla doucement. La belle l'aperçut et lui sourit. Son amoureux était bien là! Son habillement et les plantes qu'il tenait apaisèrent les dernières craintes de la jeune fille, qui s'approcha avec l'intention de causer.

Dès qu'elle fut à sa portée, l'ambitieux cavalier en profita pour lui saisir la taille et faire pivoter son corps. En une seconde, il la coucha par terre et colla sa bouche sur la sienne pour qu'elle se taise.

Avant qu'il ne puisse explorer les rondeurs de la tendre beauté, une sorte de

---

bélier enragé se précipita sur eux. Muni d'un paquet d'herbes à fleurs discrètes, Oscar frotta énergiquement le cou, les joues et les mains de l'impudent, qui se releva, stupéfait.

Marleau s'élança vers le garçonnet qui s'éclipsa, laissant le chien de la ferme terminer l'ouvrage. Brutus croqua une bouchée au mollet du cabaretier, qui répliqua par un solide coup de poing sur l'œil de la bête.

Dans l'intervalle, la jeune fille s'était éloignée, confuse et effrayée. Elle courut hors de la forêt, se promettant d'oublier pour toujours cet amoureux indigne.

De son côté, Malin Marleau avait disparu, le mollet saignant et la peau frottée avec… de l'herbe à puce fraîchement cueillie!

Le reste de l'après-midi, Oscar travailla deux fois plus vite qu'à l'habitude. Son père le complimenta, ignorant d'où lui venait son énergie nouvelle.

— Tu deviens un vrai assistant, mon gars. Parle-moi de ça! Demain, on finira l'ouvrage ensemble. J'aurai besoin de personne d'autre avec moi.

Ce soir-là, Agathe pleura, la tête dans son oreiller, tandis que le chien Brutus, l'œil enflé et douloureux, gémissait dans la cuisine.

Au village, l'escogriffe responsable de ces peines souffrait comme s'il avait été attaqué par des milliers de guêpes. Marleau se grattait furieusement en servant ses clients. Avec ses mains, il avait répandu le poison de l'herbe à puce. Le picotement s'était transformé en une monstrueuse irritation. Sa peau se gonflait et se tuméfiait à vue d'œil.

L'affection attaquait toutes les parties de son corps, même les plus intimes. Incapable de se concentrer sur ses boissons, il dut fermer son cabaret plus tôt qu'à l'accoutumée.

Il s'enferma plusieurs jours, trempant ses membres par-ci, appliquant lotions ou onguents par-là. Sans le secours d'une vieille Indienne qui lui apporta une décoction d'impatientes du Cap, il aurait viré fou. Ces jolies fleurs orange, qui ont la propriété de guérir les démangeaisons, firent des merveilles.

Guéri, Marleau embrassa l'Indienne sur les deux joues et jura de prendre sa revanche.

À la prochaine occasion, *bedondi, bedondaine*, il ne raterait pas son coup avec la donzelle. Il réussirait à la séduire. Patient, il saurait l'être.

4

L'ŒIL DU DIABLE

Un bon dimanche de septembre, Marleau reprit son sourire enjôleur et ses promenades extravagantes à cheval. Les jours suivants, il s'offrit de nouvelles séances de contemplation après la messe de six heures. Le soir, dans son cabaret, il tendait l'oreille à tous les commérages de la région, à l'affût d'évènements qui lui permettraient de se rapprocher de la fille de ses désirs.

De bals costumés, il n'y avait point en cette saison. D'autre part, on disait que, chez les Bédard, un garçon se présentait régulièrement pour les veillées. Un certain Demers, un ancien engagé de la famille. Des rumeurs circulaient à propos d'épousailles à venir entre lui et la douce Agathe.

Malgré sa déveine, Malin Marleau persistait dans ses intentions et multipliait ses visites devant le temple de la prière. Au bout de longues semaines, la chance devait enfin lui sourire.

Le 2 novembre, jour de la fête des Morts, Agathe quitta l'église plus émue que de coutume. Le souvenir de sa mère décédée l'avait rendue nostalgique. Après la messe, elle ne put résister à l'envie de regarder le cavalier aux cheveux noirs, posté en face du lieu saint. Depuis septembre, elle l'évitait et s'efforçait de ne plus penser à lui.

Cette fois, ce fut plus fort qu'elle. Hélas, le regard sombre la percuta d'un dard amoureux. Rentrée chez elle, Agathe passa une mauvaise journée, en proie à de nouveaux tourments. Le charme du séducteur l'enflammait et la perturbait.

Le soir, elle accueillit distraitement son Gilles, qui la crut malade ou indisposée. Une fois dans son lit, ses anciens rêves passionnés reprirent possession de sa nuit.

Le lendemain matin, encore remuée par ses visions fantasques, elle perdit pied dans la cave en allant chercher des pommes de terre.

Pour une fois, Oscar se rendit utile et l'aida à se relever. Elle souffrait tant que sa grand-mère appliqua une pommade à base de camphre et de moelle de bœuf sur l'épaule abîmée.

La pauvre continuait à se tordre de douleur. Un os paraissait sorti de son articulation et l'épaule était vraisemblablement disloquée. Les massages et les potions n'étaient d'aucune utilité.

Dans la journée, le père d'Agathe apprit que le ramancheur se trouvait dans les parages. Au magasin général, il fit circuler la nouvelle de la chute de sa fille, quasi certain de voir apparaître le guérisseur chez lui après le souper.

Cet itinérant, capable de replacer les os, commandait le respect. Les habitants l'avaient même baptisé le Bonhomme Sept-Heures*, car il arrivait chez les gens aux environs de sept heures du soir. Le personnage semait la terreur chez les enfants, qui couraient se mettre au lit. Le bruit des os qui craquent n'avait rien de rassurant. Mais qui s'en souciait? Dans la mesure où l'homme était habile, on l'accueillait avec empressement dans les maisons.

---

* Bonhomme Sept-Heures: expression dérivée de l'anglais *bonesetter* ou «celui qui replace les os».

Avec empressement aussi, Malin Marleau cueillit la nouvelle de l'accident. Le ramancheur était client de son cabaret et le coquin apprit de sa bouche qu'il devait se rendre à la ferme des Bédard ce soir-là. L'audacieux conquérant se frotta les mains de satisfaction.

Bedondi, bedondaine, il commença à ébaucher un plan méticuleux. Cette fois, il entendait se rendre jusqu'à la chambre de la jolie personne!

Dans la veillée, le ciel était couvert et il neigeait légèrement. Novembre signifiait à tous que l'hiver approchait. Le sol prenait petit à petit son revêtement de la saison glaciale. Cette fois, l'accumulation de neige serait faible, mais on ne s'y trompait pas: l'automne coloré était loin derrière. Les arbres dénudés n'offraient à la vue qu'une pellicule uniforme de blanc.

Dix minutes avant sept heures, le père de la jeune blessée enfonça sa tuque sur son épaisse tignasse poivre et sel. Il revêtit ensuite sa grosse veste à carreaux et s'en alla dehors: personne en vue. Il alluma un fanal et le suspendit devant la porte.

Un peu inquiet, il surveillait le chemin désert qui, lentement, se recouvrait de neige. Il se demandait si la communication de bouche à oreille avait fonctionné.

Cinq minutes plus tard, il aperçut enfin une silhouette encapuchonnée, baluchon au dos, qui descendait tranquillement le rang. Le chien Brutus se mit à japper et à gronder.

Joseph Bédard retint l'animal et, ouvrant un peu, il passa la tête à l'intérieur de la maison.

— Le v'là, le Bonhomme Sept-Heures! cria-t-il. Tenez-vous prêts!

Oscar bondit d'épouvante. Il courut dans le coin qui lui servait de chambre et s'enfonça sous ses couvertures en se bouchant les oreilles. Il ne voulait ni entendre ni voir le bonhomme en question. La réputation de tortionnaire de ce dernier avait de quoi alimenter les cauchemars pour longtemps.

La grand-mère Régina apporta des linges propres auprès d'Agathe et s'assit sur une chaise en disant:

— Aie pas peur, même si ça fait mal. C'est en tirant fort qu'on arrange les épaules déboîtées.

— J'ai compris, mémère, dit la belle, installée sur le bord de son lit. Je suis parée au pire. Pourvu que ça réussisse. C'est tout ce que je demande.

Dehors, le chien Brutus jappait plus fort, les crocs à découvert. Le père Bédard, incapable de contrôler l'animal, l'enferma dans la grange.

Le ramancheur arriva enfin de son pas boitillant, s'éclairant avec une lanterne. Il salua le parent éploré et demanda à voir l'accidentée. Le père de la victime lui ouvrit la porte, l'invita à entrer et lui dit:

— Fais attention à ma fille! J'en ai juste une.

— Parole d'honneur, je m'en occuperai bien, répondit l'autre.

— Va voir derrière le rideau, sa grand-mère est avec elle.

N'étant pas amateur de ce genre de manipulations, le père se dirigea vers la grange où le chien était en proie à une colère inhabituelle.

S'il avait su qui se cachait sous la pèle-rine de laine brune, Joseph Bédard aurait agi tout autrement. Malin Marleau avait soûlé le vrai rebouteur des os. Une fois le ramancheur ivre mort, il l'avait dé-pouillé de son vêtement et de son balu-chon. Il s'en était ensuite débarrassé en l'enfermant dans la cave avec les tonneaux de boisson.

Bedondi, bedondaine, le coquin prit ensuite gaiement la route, laissant le malheureux à son destin. Un falot* à la main pour illuminer son chemin, il chantait, s'efforçant de mimer la démarche du guérisseur.

Dans la noirceur et avec la neige fine qui brouillait la vue, bien habile qui aurait pu distinguer un vrai personnage d'un faux. Et le faux personnage, en l'occurrence Marleau, jouait parfaitement la comédie. Il trompa tout le monde.

S'imaginant retrouver la jeune fille nue, au milieu de ses draps blancs, il salivait à l'avance. Mais la grand-mère Régina veillait. Quand elle l'aperçut, ainsi fagoté et à demi camouflé, elle lui dit fermement:

— Enlevez donc votre manteau! Vous travaillerez plus à l'aise.

— Pas tout de suite. Je veux soulager la demoiselle au plus vite. Étendez-vous sur le lit, ma pauvre, et ôtez votre chemise.

* Falot: grosse lanterne.

— Pas question! rétorqua la grand-mère, debout devant lui, horripilée. Comment osez-vous?

— Excusez-la! Je viens de ramancher les os d'un homme. J'oubliais.

Mémère se rassit, soulagée. Agathe s'étendit de peine et de misère sur le lit, tremblant de douleur et d'appréhension.

Malin Marleau s'avança sur la pointe des pieds et toucha l'épaule démise d'une main. La patiente gémit, s'attendant à une prise énergique qui remettrait son membre en place.

Elle sentit plutôt l'autre main chercher son sein blanc et, soudain, elle reconnut les yeux perçants du cabaretier! Épouvantée, elle se mit à crier à tue-tête:

— Au secours!

Moins d'une minute plus tard, le chien Brutus fit une entrée spectaculaire dans la chambrette. Revenu en coup de vent avec son maître, il était prêt à l'action. L'animal n'avait pas oublié le coup de poing percutant administré par le coquin quatre mois plus tôt. Il se promettait une revanche féroce.

Brutus prit de telles bouchées dans le pantalon de l'imposteur qu'il lui creusa plein de trous dans les fesses. Transformé en gruyère, Malin Marleau disparut dans la nuit, laissant derrière lui la pèlerine et le baluchon du guérisseur.

— C'était le diable! s'écria la grand-mère, à genoux sur la catalogne.

— À nous deux! rugit le père, sortant son fusil.

Il se précipita dehors, son fusil de chasse sur l'épaule, prêt à tirer. Rien ne bougeait. Exaspéré, il fit le tour des bâtiments, scruta la campagne et tira un coup d'avertissement en l'air.

Trop tard: Marleau s'était volatilisé! Jos Bédard dut se résigner à rentrer, vexé de s'être laissé prendre au jeu du filou.

Mémère aspergea la chambre d'eau bénite et consola Agathe, dont l'épaule la faisait souffrir atrocement.

Le lendemain, l'insolent ne réapparut point au village. Son cabaret resta désert.

Au bout de quelques jours, un homme de loi ordonna de forcer la porte. On retrouva le misérable ramancheur, plus saoul que jamais, buvant à même les tonneaux.

Une fois dégrisé, il consentit à soigner la blessée, qui n'en pouvait plus d'attendre du secours.

On ne sut jamais l'exacte vérité à propos de Malin Marleau. Était-ce un étranger ou le diable en personne? Chacun y allait de sa théorie.

Délivrée du charme du fripon cavalier, Agathe accueillit son Gilles sans plus de réticence. Le prétendant revint à la ferme avec enthousiasme.

Cependant, par les dimanches d'hiver, au bras de son fiancé, la belle romantique apercevait parfois le coquin de Marleau, monté sur son cheval. Galopant au-dessus du fleuve, il se livrait à diverses acrobaties, puis s'enfuyait vers l'autre rive.

Bientôt, d'autres gens du pays rapportèrent le même phénomène. Surtout les jeunes filles qui semblaient sujettes à ces manifestations étranges.

Bedondi, bedondaine, l'impudent de Malin Marleau n'avait pas lâché prise! Il n'attendait que l'occasion pour se manifester dans un village.

TROISIÈME PARTIE

La fiancée du capitaine

1

LA *BLANCHE-AGNÈS*

Bien campé devant le gouvernail de sa goélette, le capitaine Simard fumait sa pipe. En ce frileux matin du 31 mars, personne sur la planète n'était plus fier que lui. Premier capitaine à s'aventurer sur l'eau après l'hiver, il entendait livrer ses marchandises jusqu'à Tadoussac.

Lentement, la *Blanche-Agnès* s'éloigna du bassin Louise. Portée par la marée descendante, la goélette glissait sur les eaux froides du Saint-Laurent, à peine dégagé de ses glaces. Des mouettes saluaient son départ avec des cris stridents.

Les yeux de lynx d'Amédée Simard scrutèrent le fleuve. À côté de lui, son chien Frisson battait de la queue avec frénésie. Le vent se levait, les flots se gonflaient et commençaient à balancer la goélette. Le capitaine tira une large bouffée sur sa pipe quand la *Blanche-Agnès* rencontra enfin un courant favorable.

— On y va, Bébert! lança-t-il à son neveu. Pas question de traîner.

La goélette se mit à louvoyer sur le Saint-Laurent, tandis que le capitaine mettait le cap au nord-est. Un petit air de gigue s'éleva au-dessus du fleuve. Bébert, âgé de quinze ans, célébrait en musique son premier long voyage. Perché sur le grand mât, il jouait de l'harmonica en regardant la ville de Québec reculer peu à peu.

Au bout d'une dizaine de minutes, le bateau filait à une vitesse d'environ cinq nœuds*. Le garçon descendit de son poste d'observation. La vraie navigation commençait. Le temps était clair et sec. Le voyage augurait bien. Devant eux s'ouvrait un monde de vagues, d'îles et de battures.

La *Blanche-Agnès* se rapprochait de l'île d'Orléans. Le chenal qu'ils devaient emprunter avait mauvaise réputation. C'était une sorte d'entonnoir et des glaces

---

* Nœud: unité de vitesse correspondant à un mille marin à l'heure.

y traînaient encore. Bébert n'avait pas peur. Musclé et rompu aux manœuvres, il ne craignait pas le tumulte du fleuve. Sa tignasse blonde, ébouriffée en permanence, émergeait à la proue du navire.

Bébert étant orphelin de père, son oncle Médée l'avait pris sous son aile très tôt. Alors âgé d'à peine dix ans, le garçon avait vu bâtir la *Blanche-Agnès*. Depuis les cinq années d'existence de la goélette, il travaillait à bord. De moussaillon à matelot, il avait peu à peu appris à seconder le capitaine. Cette balade audacieuse au sortir de l'hiver le réjouissait autant que son oncle.

La descente de la côte de Beaupré jusqu'à Québec s'était effectuée sans problème. Ils avaient livré des poules et du bois aux marchands de la ville. Maintenant, ils repartaient avec des caisses de farine, de lait et de sucre. Une toile étanche recouvrait le chargement, car, cette fois, l'expédition serait longue et difficile.

Atteindre la Côte-Nord avant le mois de mai était un défi d'importance. Mais la population de Charlevoix ne ménagerait pas son enthousiasme pour les accueillir

---

tout au long de leur périple. La première livraison de produits alimentaires de l'année!

— T'exagères, Médée, c'est trop de bonne heure pour partir! avait maugréé un voisin du capitaine, quand ce dernier avait quitté sa maisonnette du bord du fleuve avec son neveu.

Amédée Simard n'avait pas répondu. Bébert non plus. Le printemps s'était manifesté tôt en cette année 1865. Des poussées de chaleur avaient fait sortir les bourgeons. La saison était prometteuse, et la goélette déjà chargée.

— Des fois, le temps se revire, avait insisté l'habitant. Tu prends des risques.

— Je connais mon affaire, répliqua le capitaine. Ça fait longtemps que je pilote la Blanche; elle est capable de franchir les distances par tous les temps.

— On sait bien, tu lui as donné le nom de ta défunte. Ça doit porter chance.

L'oncle Médée avait piqué une colère noire. Il ne supportait pas que l'on parle de sa fiancée disparue.

Bébert entendit la discussion. Le nom de la fiancée du capitaine revenait souvent dans les conversations. Le garçon n'en faisait pas de cas. Depuis longtemps, il avait compris que, pour son oncle, Blanche était demeurée une personne vivante. D'ailleurs, ce matin-là, face aux flots déchaînés, Amédée l'associait de près à leur destin.

— Maudit sans cœur de fleuve! Tu nous auras pas c't'année, ni l'autre après. Même si on s'en va juste après l'hiver. Blanche pis moi, on sait naviguer. Attends un peu que je te fasse une passe par la gauche.

— Qu'est-ce que vous racontez, mon oncle?

— Occupe-toi des voiles. Ensuite, tu iras me chercher du lard en bas.

Frisson aboya pour appuyer le commandement de son maître. Il suivit le garçon avec enthousiasme dans l'espoir d'obtenir une part de repas.

2

LE SECRET DU CAPITAINE

Seul devant le fleuve, le capitaine poursuivit son discours. D'année en année, il partait plus tôt pour effectuer du cabotage le long de la côte. Si bien que ses expéditions avaient la réputation d'être périlleuses. Les autres capitaines croyaient dur comme fer qu'il voulait s'enrichir à tout prix.

En réalité, il voulait appareiller le premier parce que les hivers lui pesaient. Sa Blanche, sa fiancée perdue, le hantait jusqu'au fond de l'âme. Il en avait même des apparitions. Les premières années, elle survenait le soir contre la cheminée ou dans la cuisine. Vêtue de sa belle robe brodée du dimanche, elle restait sans bouger devant lui. Une lumière dorée brillait dans ses yeux quand elle le regardait.

Dès que le capitaine approchait, le regard de Blanche s'éteignait, ses formes s'évanouissaient. Plus rien ne subsistait de sa personne. Amédée en était quitte pour avaler un verre de caribou* et se mettre au lit en espérant trouver le sommeil.

Ces derniers mois, la situation était devenue intolérable. Blanche rôdait partout dans la maison, même durant le jour! Infiniment troublé, le capitaine cherchait à la capturer, à la serrer dans ses bras. Rien à faire. Elle était impalpable, mouvante, mystérieuse. Beaucoup trop aguichante pour un homme normal. La sueur perlait sur le front du capitaine, qui tremblait de désir. De quoi rendre fou.

Blanche venait à lui toujours avec le même sourire. Le sourire d'avant l'accident, quand une lame de fond avait renversé la chaloupe dans laquelle elle avait pris place avec sa sœur.

C'était il y a cinq ans. La veille du baptême de la *Blanche-Agnès*, une goélette alors toute neuve. On avait sauvé la sœur de Blanche, mais, elle, on ne l'avait jamais retrouvée. Depuis, le capitaine en voulait amèrement au fleuve. Pourquoi ce dernier

---

* Caribou: boisson forte composée d'une partie de whisky et d'une partie de sirop d'érable.

---

s'était-il gonflé subitement ? Maudit gouffre !
Amédée l'invectivait à la moindre occasion, dès que les vagues se hérissaient en
crêtes argentées.

Personne n'était au courant de ses tourments, sinon son chien Frisson à qui il ne
cachait rien. Durant cet hiver d'apparitions inquiétantes, il avait survécu grâce
aux petits coups de caribou et aux veillées
qu'il ne manquait pas de fréquenter.
Surtout si des jeunes filles s'y trouvaient.
Le mal, le capitaine s'employait à le changer de place !

Dès les premiers signes du nouveau
printemps, il avait commencé à préparer sa
goélette. À bord de la *Blanche-Agnès*, il était
proche de son adorée. Il retrouvait l'énergie
de sa jeunesse, malgré ses quarante ans
bien sonnés. Il devenait un homme de fer,
capable d'affronter les pires périls.

Aujourd'hui, vissé à sa roue, la pipe
éteinte depuis un moment, Amédée
Simard contemplait avec satisfaction la
pointe de l'île d'Orléans, enfin dépassée.

— On est bon jusqu'à Tadoussac, ma
Blanche. Les glaces vont jamais nous
arrêter.

— À qui tu parles comme ça? demanda Bébert qui arrivait avec le morceau de lard.

— Ça me regarde. Je suis maître à bord.

— Compris. Mais si tu veux prendre une meilleure bouchée, je suis disponible pour te remplacer.

— Je reste à la gouverne, mon gars. Le vent souffle pour nous autres, on file vite en marsouin! Apporte-moi à boire. On sera à Petite-Rivière-Saint-François pour les rigaudons à soir!

— Je demande pas mieux, mon oncle.

Le capitaine était heureux. Il avala son repas et but ensuite un fond de rhum. Il se sentait en forme comme jamais. La *Blanche-Agnès* fendait les eaux vertes et progressait vers les caps.

Bébert observait la rive: d'abord plane et encadrée de clochers d'église, elle devenait de plus en plus escarpée. Il admirait ce paysage de monts et d'eau vive. «Un jour, pensait-il, je serai pilote et j'aurai ma propre goélette.»

Le vent s'accéléra encore. Le garçon saisit son harmonica et s'élança dans des ritournelles de son invention.

3

LA MARMITE À BOUILLONS

Vers huit heures ce soir-là, par une forte marée montante et des bourrasques de vent à décourager les plus hardis, la *Blanche-Agnès* arriva non loin de Petite-Rivière-Saint-François.

Bordé par de hautes montagnes, d'un côté par les Laurentides, de l'autre au sud par les Appalaches, le couloir du fleuve se faisait brasser furieusement. Transformé en marmite bouillonnante, il menaçait à chaque instant d'engloutir la cargaison.

Le capitaine recommença à déverser un chapelet d'injures à l'endroit du fleuve. Depuis le cap Brûlé, les vagues s'abattaient à grand bruit sur le navire. De plus, un roulis effroyable agitait la goélette, augmentant l'effet de catastrophe imminente.

Réfugié sous la toile, entre deux caisses de marchandises, Frisson, le chien du capitaine, avait gémi durant toute la dernière heure. Bébert n'en menait pas large non plus, malgré son expérience de la mer. Il avait rangé son harmonica au plus creux de sa salopette. Les bottes pleines d'eau, il obéissait à la manière d'un automate aux commandements de son oncle.

— Prends un ris, garçon! Affale la voile!

Cela signifiait de réduire la surface de toile exposée aux bourrasques en tirant sur des cordages. Soufflant à contre-courant, le vent amplifiait la houle et faisait déferler les vagues à des hauteurs terrifiantes. Pour sauver les gréements, il fallait manœuvrer avec ruse et lui offrir moins de prise. Il était hors de question de perdre un mât ou des voiles au début du voyage.

— On va-t'y pouvoir mouiller à Petite-Rivière? cria Bébert en mettant ses mains en porte-voix.

Gelé jusqu'aux os, le garçon s'inquiétait. Jamais il ne l'aurait avoué, cependant. Surtout que son oncle était têtu. Médée Simard avait son idée vissée dans la tête: arrêter à Petite-Rivière-Saint-François, et non ailleurs. Les dangers lui importaient peu. Les manœuvres difficiles autour de la rivière non plus. Son intention était immuable.

— Garde l'œil ouvert, cria-t-il. Avec un vent pareil, on arrivera dans la demi-heure.

— Si on n'est pas noyés!

Au même instant, la voile de misaine, en avant de la goélette, craqua. Un coin se déchira sous le regard consterné du garçon, qui se mit à marmonner:

— Faut être fou pour continuer…

Fou de rage, il l'était, le capitaine qui tenait la roue de ses gros gants, la casquette renfoncée jusqu'aux sourcils. D'un coup de barre, il remit son bateau en meilleure posture.

Le mât de misaine tint bon. La voile aussi, malgré la déchirure qui s'accentuait. Sous les rafales, la *Blanche-Agnès* fendait l'eau à une vitesse de plus de dix nœuds.

— Fleuve d'enfer, gronda le capitaine, je te garantis que tu vas pas m'empêcher de mouiller où j'ai décidé. Blanche et moi, on est parés. Naviguer sous les étoiles, on connaît ça.

Peu de temps après, des fanaux lumineux apparurent devant les ombres noires de la haute montagne. Le village était là. L'église se profilait sous la lune. Des lumières s'agitaient au bout de la jetée. On avait repéré la goélette et on l'attendait.

Après force manœuvres, la *Blanche-Agnès* mouilla à Petite-Rivière-Saint-François. Là où le capitaine Simard avait voulu la rendre. Bébert jeta l'ancre près de la jetée qui s'avançait dans l'eau. Épuisé, mais content, il dit à son oncle:

— Je pensais qu'on allait y laisser notre peau et ta goélette.

— Mon gars, déclara le capitaine, baisse jamais pavillon. Des fois, le fleuve, c'est un vrai taureau. Apprends à durcir ta cervelle et tes muscles. Tu auras besoin des deux.

— Compris.

— À présent, on va se réchauffer. Pour les dommages, je verrai demain ce qu'on pourra faire.

Portant des tuques et des vestes doublées, des habitants étaient déjà rendus sur la jetée pour accueillir l'équipage.

— Vous en avez arraché sans bon sens, dit Onésime Bouchard, un cousin du capitaine. Je vous emmène à la maison. J'ai attelé la Grise, ma meilleure jument. La calèche est là-bas.

Le capitaine accepta l'offre et fit descendre son neveu avec le chien. Avant de quitter le pont de pilotage, il dit entre ses dents :

— Rien de grave, ma Blanche. Demain, on allégera la cargaison. Après, on reprendra la mer. Bonne nuit !

Une fois sur la grève, Amédée Simard jeta un nouveau regard sur le ciel chargé d'étoiles. Il ne put s'empêcher de maugréer :

— Vous en avez planté des clous de glace par en haut ! Il peut bien faire frette.

— C'est glacial en esprit, concéda Onésime. On va vous chauffer le système par en dedans. Venez tout de suite !

Personne n'ouvrit la bouche durant le trajet. Le froid transperçait les trois hommes. Des aurores boréales se mirent à balancer leurs spectres de lumière dans le ciel. Bébert les contempla comme des trophées lumineux. Ils étaient parvenus à bon port et le garçon partageait sans réserve la fierté du capitaine.

Quand Amédée Simard et son neveu entrèrent dans la maison avec Onésime, les six enfants Bouchard, quatre filles et deux garçons, étaient couchés depuis longtemps. Ils dormaient dans une grande chambre à l'étage. La grand-mère sommeillait dans une autre et les parents occupaient une pièce en bas.

Ce soir-là, Maria, la femme d'Onésime, veillait encore dans la cuisine et entretenait le feu de cheminée. Il n'y eut ni rigaudons ni musique. Après une tasse de rhum chaud, le capitaine et son matelot s'enroulèrent dans des couvertures et dormirent non loin de la cheminée. Frisson s'installa entre les deux hommes, le museau sur le plancher.

4

OMBRES ET SILHOUETTES

Le lendemain matin, le capitaine Simard s'éveilla en se frottant les yeux. Il avait rêvé au baptême de sa goélette.

Sa fiancée y était, en chair et en os. Elle se tenait près du curé quand ce dernier avait béni la *Blanche-Agnès*. Beaucoup de gens les entouraient, endimanchés pour l'occasion. Ils admiraient le navire tout neuf, perché sur son chemin de planches. Au moment solennel du lancement, les spectateurs se mirent à applaudir : la *Blanche-Agnès* avait glissé de son lit de bois sans dévier et flottait dignement, prête à naviguer. Du même coup, la fiancée du capitaine s'était confondue avec le mât principal. Il n'en était resté qu'une ombre diffuse contre le grand hunier*.

---

* Grand hunier : voile gréée sur le grand mât.

Les invités ne s'aperçurent de rien. Lui seul, Amédée Simard, continuait de fixer la voile, la mort dans l'âme.

Il se leva, la gorge serrée.

— Encore un maudit cauchemar! gronda-t-il.

Il avait envie de se retrouver sur son bateau. En deux temps, trois mouvements, il enfila son pantalon et sa chemise. De la cuisine montait une odeur de pain. La grand-mère, levée à quatre heures, finissait de cuire sa fournée.

— Vous sortez tout de suite, capitaine? lança-t-elle en entendant la poignée de porte tourner.

— Je vais prendre l'air. Le vent a baissé, on dirait.

— Prenez au moins un morceau de pain, insista la bonne dame. Il fait encore froid dehors.

Le capitaine Simard décampa avec un quignon de pain, le chien sur les talons. Il marchait dans l'aube naissante en croquant le pain chaud. Son cœur se mit à battre quand il aperçut le profil de la *Blanche-Agnès*. Elle était à l'échouage en raison de la marée descendante. Dégagée de la poupe à la proue, elle paraissait élégante en dépit de ses voiles abaissées. Le capitaine accéléra le pas.

Son neveu s'était réveillé en l'entendant disputer. Le parfum de la cuisine, ajouté à la curiosité, l'incita à entreprendre le même circuit que son oncle. Inquiet, Bébert voulait aussi constater l'état de la goélette. Il quêta donc un morceau de pain frais et s'esquiva en douce de la maison. N'étant pas certain d'être le bienvenu, il se tint à distance du capitaine. Il ne se doutait pas de la scène qu'il observerait à partir de la jetée.

Le garçon s'arrêta sur le trottoir de bois, non loin de la *Blanche-Agnès*, sur laquelle son oncle était déjà grimpé.

La plupart des goélettes se trouvaient à sec, penchées sur le côté, en attente de mouvement et d'eau. La lune avait disparu et les premières lueurs du jour perçaient au-dessus du fleuve. Aucun souffle de vent ne traversait l'air. Bébert entendit soudain une plainte étrange. Il crut que c'était le chien et dressa l'oreille, prêt à porter secours à Frisson.

Un instant après, la queue du chien sortait de l'ombre, puis son corps entier. L'animal, un curieux mélange de terrier et d'épagneul, gambadait sur le pont, en quête de proies imaginaires. Il en allait tout autrement de son maître.

Effondré sur ses genoux, il entourait le mât principal de ses bras, pleurant et se lamentant:

— Ma Blanche, pardonne-moi! Reviens vite, tu m'as assez manqué comme ça. Sinon, je m'en vais te retrouver où tu es. Promis.

Le garçon s'accroupit pour ne pas révéler sa présence. Le capitaine avait étendu les bras; sa silhouette contre le grand mât dessinait une croix dans le jour naissant. Bébert se signa et s'éloigna le plus vite possible vers le village. Une morte-vivante, ça ne pouvait que porter malheur. Le garçon préférait laisser son oncle se débattre tout seul contre ses fantômes.

Frisson avait flairé la présence de Bébert. Il émit un jappement bref et courut avec lui jusqu'à la maison des Bouchard.

À l'intérieur, les crêpes firent rapidement oublier au jeune marin les émois du capitaine. L'avait-il réellement aperçu en pleurs? C'était un matin gris, des ombres avaient pu brouiller sa vue et, lui-même, peut-être avait-il mal interprété les paroles entendues. D'ailleurs, quand le capitaine Simard entra, il s'attabla gaiement avec la famille et entreprit de faire honneur au repas.

— Et puis, Médée, demanda Onésime, qu'est-ce que tu caches de bon dans tes caisses?

— Vous verrez après déjeuner. En échange d'un surplus de sucre, est-ce que Maria me ferait une petite couture? La misaine est déchirée.

— C'est bon, dit la femme d'Onésime, mais j'espère que tu nous apportes pas seulement du sucre.

— J'ai de la farine pour cuire tous les gâteaux de fête du printemps.

—Tu sauras, reprit son cousin, qu'on a assez de mal à trouver de la farine pour le pain, on va pas la gaspiller en la fourrant dans des gâteaux.

— C'était juste pour rire, dit le capitaine. Vous viendrez chercher vos commandes après déjeuner. Nous autres, on veut reprendre la mer. On a un long voyage devant nous.

— Le temps est mort. Je pense pas que tu puisses appareiller aujourd'hui ni demain, affirma Onésime.

— C'est ce qu'on verra! trancha Médée d'un ton sec.

Bébert observait son oncle en même temps qu'il admirait Gemma, l'aînée des enfants Bouchard. On lui avait présenté la famille entière, mais il n'avait retenu que le nom de la plus grande, une jolie fille aux cheveux en bouclettes. Des formes aguichantes moulaient sa chemise de nuit mauve et mettaient le garçon en appétit plus que le repas. Il finit par se concentrer entièrement sur la silhouette de la petite-cousine du capitaine et en oublia les tourments de ce dernier.

Assise de biais avec lui, la brunette jetait des regards invitants de son côté.

— Quel âge as-tu? lui demanda-t-il afin d'ouvrir la conversation.

— Quinze ans, samedi. Demain, en fait.

— Demain?

— Vous tombez bien. Ma mère organise une fête. Du monde du village viendra danser.

— J'ai un harmonica. Je pourrais en jouer. Si on est encore ici, évidemment.

Gemma rosit de plaisir et de mignonnes fossettes se creusèrent dans ses joues. Bébert se mit à rêver de musiques autres que celles de l'harmonica. Il se voyait déjà en train de roucouler des mots doux à l'oreille de la jeune fille. Des mots qui lui permettraient de s'en approcher d'un peu plus près. Peut-être de très près, à la hauteur de son cou si blanc.

— À l'ouvrage, Bébert! lança le capitaine en se levant. C'est le temps de travailler.

Le charme était rompu. Gemma riait en partageant des crêpes avec ses frères et sœurs. Mais il y aurait la fête. Le garçon sortit avec son oncle en sifflant.

5

DE CHAIR ET DE FLEUVE

La toile avait bien protégé la cargaison et les produits du capitaine. Le commerce fut vite réglé, mais le départ annoncé n'eut pas lieu. Le temps était devenu humide et aucun souffle ne traversait l'air. Il était franchement impossible de se risquer sur le fleuve.

D'autre part, l'accroc à la voile était plus grave qu'on l'avait estimé. Il fallut plus d'une journée à Maria Bouchard pour remettre la voile en état et autant de temps au vent pour se décider à lever.

Le capitaine Simard dut se résigner à laisser deux nuits de plus sa goélette au mouillage à Petite-Rivière-Saint-François. Il était d'humeur exécrable et ne parlait à personne.

Son neveu se réjouissait, sans oser manifester son contentement. L'esprit enfiévré, il s'employa à participer à des corvées de construction au village. Ensuite, il entreprit d'astiquer la goélette de fond en comble avec une énergie jamais déployée auparavant.

Le samedi, quand l'heure de la fête arriva, Bébert se pavanait comme un jeune coq dans la cuisine avec les femmes. Il se répandait en compliments sur les plats et les odeurs. Malgré lui, il frôlait l'aînée qui aidait sa grand-mère à garnir des plateaux.

La vieille mère Bouchard n'était pas dupe de ses flatteries. Elle lui dit avec impatience:

— Va t'éventer sur la galerie, le jeune! Ça calme l'appétit. On attend monsieur le Curé.

Dehors, on fumait, causait et prenait en cachette des petits coups de caribou, sous prétexte de se réchauffer. Bébert se mêla discrètement aux gens et avala une bonne rasade d'alcool. Gemma avait promis de lui montrer le nouveau décor de la chambre des enfants durant la veillée. Elle avait plusieurs collections, ses frères et sœurs aussi. De quoi intéresser le garçon.

Bébert n'en doutait pas. Surtout qu'il lui était interdit de monter à l'étage. Il frémissait d'impatience à l'idée de s'y retrouver seul avec Gemma. Quant au décor, il ne s'en préoccupait guère. La présence de la jeune beauté lui suffirait amplement.

Le capitaine était absent. Il finit par arriver avec Frisson, en même temps que monsieur le Curé. Son regard bleu voguait à des milles de la célébration. Amédée Simard avait hâte de retourner à bord et, en ce dernier soir, il voulait dormir sur sa goélette. D'un air maussade, il récita avec les autres la prière de bénédiction du repas et mangea du bout des dents. À la différence de son neveu, l'héroïne de la fête n'avait aucune importance pour lui.

Dès que la danse commença, il s'en fut à l'extérieur et alluma sa pipe. Une lointaine parente le rejoignit aussitôt. Frisson, qui avait suivi son maître, se mit à japper avec énergie.

— Écoute donc, Médée, m'as-tu oubliée? Ton chien aussi a la mémoire courte! Modère-le, il va me dévorer. Tu te rappelles, je suis la fille à Ernest, Imelda Fortin?

Le sang du capitaine s'émoustilla dans ses veines. Il se souvint de sa peau de velours et du lit moelleux qu'elle avait déjà partagé avec lui, un soir de tempête. Sans perdre une seconde, il éteignit sa pipe et fit rentrer le chien. Prestement, il entoura la taille arrondie d'Imelda et l'entraîna vers le fleuve.

— Attends donc un peu! dit la femme. Tu veux m'emmener sur ton bateau? C'est bien trop froid là-dedans. Ma maison est juste à côté. Tu te rappelles? Viens-t'en chez moi.

Le capitaine Simard n'avait pas remarqué son neveu qui les épiait par la fenêtre, alerté par le chien. En proie à une excitation presque sauvage, il remonta le chemin avec sa compagne en lui tâtant les fesses.

— Pas si vite! Les gens pourraient jaser, s'écria-t-elle.

Ils entrèrent furtivement dans la petite maison de bois.

Imelda n'alluma qu'une chandelle, le temps qu'ils se déshabillent. Une fois au lit, Médée la caressa passionnément dans la noirceur en murmurant:

— Blanche, mon amour!

— Quoi! Qu'est-ce que tu dis là? cria la femme en s'arrachant à son étreinte. Tu peux retourner t'ébattre sur le fleuve, Médée Simard! Je m'appelle pas Blanche.

Penaud, le capitaine remit ses vêtements et sortit à tâtons de chez sa parente. Une fois dehors, il marcha de long en large dans l'air froid en maugréant. Au bout d'une quinzaine de minutes à arpenter le chemin, il entra chez les Bouchard à la recherche de son neveu.

Bébert descendait l'escalier de l'étage, les cheveux en bataille, la ceinture mal attachée. Gemma le suivait de près, un curieux sourire sur les lèvres.

— Ma parole, dit Amédée en s'approchant, on dirait que t'as pas joué seulement de l'harmonica ici.

Le visage du garçon tourna écarlate et il remit sa ceinture d'aplomb.

— Je suis allé voir la collection de poupées!

— C'est comme ça qu'on devient un homme, mon garçon. En collectionnant!

— Je suis pas le seul à collectionner, riposta Bébert.

— Fais pas le malin, veux-tu!

— J'ai rien voulu dire, se hâta d'affirmer le jeune.

Il avait senti au ton et à la mine renfrognée de l'oncle que les ébats avec la femme entrevue avaient mal tourné. L'image du capitaine au pied du grand hunier lui revint. Le nom de la fiancée disparue aussi. Il se prit à murmurer «Blanche» et chercha la petite-cousine de son oncle du regard.

Gemma avait disparu parmi les invités et la fête reprenait. Un vieux entonna une chanson à répondre. Les voix et les chaises berçantes s'activèrent en chœur. Le capitaine tira son neveu par une oreille.

— Maintenant, amène-toi. Faut aller dormir. Le jour viendra vite et le voyage commence à peine.

Amédée Simard s'éclipsa, levant sa casquette à l'intention de la compagnie. Avec son chien, il regagna la goélette, Bébert traînant ses bottes derrière lui. La lune était voilée et des nuages, poussés par un vent léger, voyageaient à faible vitesse au-dessus d'eux.

— Tu vois, dit le capitaine, maintenant apaisé, ça bouge et la marée monte. Demain, on partira le plus tôt possible.

Bébert s'était retourné une dizaine de fois en chemin, espérant apercevoir une figure enjouée à la fenêtre. Sa douce ne s'en était pas approchée.

Déçu, il sauta à bord après son oncle et lui souhaita un bref bonsoir. Il descendit s'abriter sous ses couvertures, le corps enflammé par les évènements de la veillée.

Le sommeil prit toutefois possession des désirs de Bébert. Balancée par les vagues montantes, la goélette imprimait aux couchettes un mouvement qui propulsa rapidement les dormeurs dans le monde du rêve.

Les fantasmes les plus incroyables peuplèrent cette dernière nuit du capitaine Simard et de son neveu à Petite-Rivière-Saint-François.

6

UNE MISSION AMOUREUSE

Le lendemain matin, Bébert était déjà levé quand le capitaine se réveilla. Perché à sa place favorite dans le grand mât, il jouait de l'harmonica avec fougue. Son oncle avait vu juste. La veille, il était devenu un homme.

Au beau milieu de la fête, Gemma l'avait conduit devant l'étalage de poupées afin qu'il en admire les costumes éclatants, cousus par la grand-mère. Il n'avait vu que le corsage entrouvert de l'une d'elles. L'étincelle qui avait fait jaillir le feu. De baisers en caresses, le plancher de la chambre s'était transformé en une mer d'étreintes brûlantes. Gemma avait fait naufrage dans les bras du garçon. Elle avait tout donné. C'était la première fois. Pour elle comme pour lui. Ils avaient quinze ans, la chair ardente, les sens en émoi.

Bébert flottait sur les nuages. Il ne portait aucune attention à la condition du fleuve ni à celle du temps. De son perchoir, il répandait des notes éclatantes pour célébrer une jolie fille, là-bas, au village. Ce fut le capitaine qui réagit à ce récital improvisé.

— Veux-tu arrêter de t'époumoner sur ton ruine-babines. Garde de l'énergie, tu vas en avoir besoin. Le fond de la mer est encore haut et on doit sortir d'ici. Va chercher les perches!

Armés de longues tiges aux extrémités en fer, l'oncle et le neveu réussirent à dégager la *Blanche-Agnès* et à la pousser vers les eaux profondes. Frisson ponctua l'opération de cinq ou six aboiements à l'intention des goélands ambitieux.

Dès que le navire se mit à glisser sur le fleuve, Amédée Simard s'arrima à la roue et Bébert hissa les voiles. Le Saint-Laurent reflétait les couleurs bleu-gris du ciel, et un vif courant bordé d'écume les emportait vers l'est.

C'était un nouveau départ, qui serait suivi de nombreux autres. Leur expédition commerciale devait les conduire à Baie-Saint-Paul, à l'Île-aux-Coudres, aux Éboulements-en-bas, à Pointe-aux-Pics, avant d'atteindre Saint-Siméon, puis Tadoussac, de l'autre côté du Saguenay. Un long périple sur un cours d'eau capricieux, au tempérament redoutable.

Les vents leur furent cependant favorables et, de marée en marée, ils mouillèrent avec succès près des différents villages.

À chaque arrêt, l'élan du capitaine grimpait d'un cran. Il voulait repartir tôt pour aller plus loin et encore plus loin. Son «Dépêche-toi, Bébert!» retentissait avec autorité dès que le déchargement commençait. Son neveu accélérait son ouvrage, se disant qu'à ce rythme ils seraient de retour vers Petite-Rivière dans une autre semaine. Avec un peu de chance, il pourrait revoir Gemma.

Cette seule pensée le faisait siffler de contentement et besogner comme un forcené. Les minutes vécues dans la chambre des enfants Bouchard effaçaient les heures écourtées de sommeil, les longues manœuvres et la manipulation précipitée des articles de la cargaison.

En vérité, on aurait dit qu'une sorte de fièvre possédait Médée Simard. Les gens de Charlevoix étaient certains qu'il voulait épater la population en ramenant du bois de Tadoussac quasi en hiver. L'orgueil du capitaine étant notoire, on lui attribuait sa fébrilité provocante.

Bébert avait une autre idée, mais il ne l'aurait confiée à personne, même pas contre une poche de pièces d'or, tant elle était incongrue.

Le soir de leur arrivée aux Éboulements-en-bas, il avait encore surpris son oncle dans une sorte de transe. Agenouillé au pied du grand hunier, le capitaine parlait à sa fiancée invisible. Le nom de son aimée revenait sans cesse dans ses propos. Il s'exprimait à voix basse, mais soudain l'émotion le submergea et le ton monta :

— Blanche, je te voulais pas de mal! Te v'là encore partie. Reviens! Maudit fleuve, tu vas me la redonner !

Le capitaine se tordait de douleur. Il étendit de nouveau les bras en signe de détresse. Bébert comprit qu'Amédée avait vraiment vu apparaître sa fiancée durant quelques instants. L'autre matin, à Petite-

Rivière, il n'avait donc rien confondu : son oncle était la proie de visions. Ce voyage cachait un objectif mystérieux, difficile à saisir : une mission amoureuse, fantasque, sans doute impossible.

Le garçon s'était éloigné sur la pointe des pieds et avait regagné sa couchette dans le plus grand silence.

Cette découverte, au lieu de le calmer, le stimula. La scène du capitaine avec sa fiancée invisible l'enflamma davantage. Le nom de Gemma montait sur ses lèvres en même temps que celui de la disparue. Son tendre amour se changea en passion ardente. À tout prix, il voulait serrer Gemma encore une fois dans ses bras. Et pour la retrouver plus vite, il secondait le capitaine avec un zèle absolu, indifférent au danger, prêt à toutes les hardiesses.

Amédée Simard connaissait les battures et les îles autant que le fond de sa pipe. Entre trente-six jurons et autant d'ordres à son neveu, il pilota avec précision la *Blanche-Agnès*. Les remous de l'Île-aux-Lièvres qu'il affronta après Port-au-Persil ne le rebutèrent pas, ni les glaces, de plus en plus épaisses, flottant à la surface de l'eau. Seul Frisson s'affola et courut dans son refuge sous la toile, entre deux caisses de farine. Le capitaine demeurait imperturbable au milieu du glaciel*.

Au bout d'une semaine, les deux hommes avaient accompli les trois quarts de leur voyage commercial. La *Blanche-Agnès* accosta au quai de Saint-Siméon, reluisante et avec tous ses gréements.

À l'arrivée de la goélette, un vieux pilote d'expérience vint trouver le capitaine et entreprit de le convaincre de jeter l'ancre pour quelques jours.

— Médée, le temps est en train de se gâter. Tu ferais mieux d'amarrer solidement ton bateau.

Bébert riposta à la place de son oncle.

— On est pressés!

— Le jeune, tais-toi! L'orgueil, ça tue. La neige commence à tomber dru et la brume s'en vient.

— On en a vu de toutes les couleurs jusqu'ici, dit Médée Simard. On peut pas trouver pire en descendant plus loin.

— Il se prépare du mauvais temps pour les jours à venir, insista le pilote. Crois-moi.

---

* Glaciel : ensemble des glaces flottantes.

Le garçon attaqua sa besogne sans oser se mêler davantage à la conversation. Les dents serrées, il transporta à toute vitesse des caisses de farine et de sucre sur le quai. Allait-on s'arrêter à Saint-Siméon deux ou trois jours pour cause de tempête? Peut-être davantage?

Bébert se détendit quand le capitaine coupa court à la conversation avec le pilote en déclarant avec fermeté:

— Je sais ce que j'ai à faire. On repart après-midi. C'est pas de la *neigette* qui va m'arrêter.

En dépit de la corne de brume* qui lançait son signal d'alarme, Bébert appuya joyeusement cette décision. On arriverait bientôt à Tadoussac et, ensuite, retour en direction de Québec.

* Corne de brume: cornet sonore activé les jours de brume, autrefois appelé «criard».

7

LA DAME DE BRUME

Vers les trois heures de l'après-midi, la *Blanche-Agnès* quitta Saint-Siméon, comme prévu. Sous le regard médusé des commerçants encore sur le quai, la goélette reprit le chenal du fleuve, portée par un flot du sud et des rafales de vent et de neige.

Impassible, le capitaine se sentait d'attaque autant que le premier jour de l'expédition. Il dit à son neveu:

— Surveille le prochain repère, c'est le cap du Nid-aux-Corbeaux. Beaucoup plus loin, on trouvera la Pointe-Noire et l'entrée du Saguenay. Attends-toi à de la houle! Là, on naviguera pour vrai, mon gars.

Bébert avait beau regarder, il ne voyait à peu près rien. La rive s'était effacée, le fleuve aussi. Cette neige folle, au travers de la lumière diffuse du soleil, l'aveuglait.

Il avait l'impression de pénétrer dans un autre univers. Un lieu sans printemps ni été, habité en permanence par des vents décapants et des tourelles de glace.

Jamais il n'avait navigué au-delà de Saint-Siméon. Le Saguenay l'attirait comme un aimant, même si on lui avait souvent parlé de la puissance des courants à la rencontre de la rivière et du fleuve. Des courants spectaculaires, disait-on, nourris par des coups de vent furibonds. Bébert savait aussi que beaucoup de navires s'échouaient sur les immenses battures bordant les rives et les îles environnantes. À ces dangers s'ajoutait maintenant la persistance de l'hiver.

En dépit de tout, le garçon demeurait enthousiaste. L'ultime étape du voyage approchait et, avec elle, la promesse d'un retour. Dans une confusion totale quant à leur orientation précise, Bébert se perdait en rêves de conquêtes.

— Hé! Ho! gueula le capitaine, tends les voiles dans le bon sens, pour l'amour du ciel! Je veux pas chavirer.

Le garçon se remit à l'attention, prêt à intervenir. Les blocs de glace à la dérive continuaient de se multiplier. Ils les encerclaient, les traquaient de leurs multiples surfaces miroitantes. Un vent du nord-est soufflait à vive allure, augmentant la tension dans les voiles et les risques de collision avec la glace. Bébert relâcha le grand hunier, la voile principale.

Il sentit tout d'un coup qu'il avait très froid. Il fixa l'horizon bouché par la neige, se demandant comment le capitaine arrivait à louvoyer entre les obstacles tout en conservant la bonne direction.

Soudain, un craquement intense le fit sursauter. Le mât de misaine venait de casser et une bonne partie de la voile pendait dans l'eau, avec une nouvelle déchirure en plein milieu. Le capitaine réagit avec détermination.

— Faut l'abattre! hurla-t-il, accroché au gouvernail, tandis que la goélette tanguait dangereusement.

Bébert obéit sur-le-champ. Il travaillait à la coupe du bois l'hiver et achever un poteau à la hache n'était pas un obstacle pour lui. Mais le vent et le froid doublaient l'effort requis. Avec une immense difficulté, le garçon parvint à tailler le mât et à embarquer ce qui restait de la voile. La *Blanche-Agnès* se redressa.

Là-haut, dans la cabine de pilotage, Amédée Simard fulminait.

— Démon de fleuve, laisse-moi passer! J'ai besoin d'un chenal. Faut que je retrouve Blanche!

Comme s'il avait compris, le fleuve eut un instant de grâce et le capitaine repéra un nouvel espace navigable au travers du glaciel.

Le vent, par contre, redoubla d'intensité, poussant avec fracas la goélette vers l'ouest. Bébert s'agrippait aux bordages pour ne pas tomber. Au moins, pensait-il, à cette vitesse, ils atteindraient bientôt l'embouchure du Saguenay.

À peine avait-il formulé cette pensée qu'une secousse terrible ébranla la goélette, qui s'immobilisa sur des hauts-fonds. Un deuxième craquement foudroyant retentit et le grand hunier fléchit de toute sa longueur, le mât s'étant fissuré sous le choc.

Le capitaine rabattit le capuchon de son manteau par-dessus sa casquette et descendit de son poste en rugissant:

— Non! Pas celui-là! Attends un peu, j'arrive!

Bébert n'était pas certain si ces derniers propos s'adressaient à lui ou à quelqu'un d'autre. Claquant des dents, il s'avança vers son oncle. Ce dernier, hors de lui, ne semblait pas le voir. Il continuait à discourir en marchant vers les gréements avariés.

— On s'est échoués sur les battures de l'île Blanche. Vicieux de fleuve, je vais te l'arracher, ma fiancée! C'est là qu'elle est. Près de son île. Je le sais maintenant.

Ébranlé par les propos décousus et insensés de son oncle, le garçon se raidit comme un glaçon. Amédée Simard grimpa à la proue et se planta à côté du grand mât. Il hésita un instant.

La neige venait de cesser et le vent tombait. Au loin, une corne de brume se mit à sonner. L'alerte se répéta plusieurs fois en se rapprochant.

— Un bateau-phare*! s'écria Bébert. Du secours arrive. Regarde, on aperçoit une lumière!

Son oncle ne répondit pas. Frisson aboya à pleine gueule. Un énorme banc de brume mauve s'avança de la rive sud et progressa rapidement vers eux. Le

---

* Bateau-phare: bateau peint en rouge, posté autrefois dans les endroits dangereux du fleuve où il n'y avait pas de phare. Au XIXe siècle, ces bateaux naviguaient uniquement à voile.

capitaine avait étendu les bras. Il haletait, en proie à un trouble dévastateur. Tout à coup, il lança à pleine voix.

— Blanche! C'est moi qui avais poussé ta chaloupe. Je voulais pas te donner au fleuve! J'ai pas réfléchi. Crois-moi. Pardon! Je m'en vais te chercher!

Avant que son neveu ne puisse intervenir, le capitaine Simard plongea pour retrouver sa fiancée dans les eaux glacées du Saint-Laurent.

Bébert n'entendit pas le bruit de la chute. Ce qu'il vit le renversa. Devant lui, deux formes de brume mauve flottaient côte à côte. Il reconnut facilement le capitaine à sa casquette et à sa pipe, de même qu'une femme, à sa longue jupe. Soudain, les deux personnages se confondirent: Amédée Simard enlaçait sa fiancée dans un espace diffus, hors du temps.

Frisson arrêta d'aboyer et, curieusement, Bébert n'avait plus froid. La corne de brume émit son signal. Le garçon porta la main à son front en signe d'adieu à son oncle. Un torrent de larmes jaillit de ses paupières. Il prit le chien dans ses bras et se tourna vers le bateau-phare. L'avenir lui appartenait.

JOURNAL DE BORD DE LA
BLANCHE-AGNÈS

Trente ans après les évènements rapportés en annexe à ce journal, je certifie que mon oncle, Amédée Simard, capitaine de la Blanche-Agnès, *a disparu tel qu'il a été raconté. Malgré les démentis de l'époque, je jure devant Dieu que ces faits sont exacts.*

Grâce aux biens légués par le capitaine, j'ai pu faire réparer la goélette et la piloter durant trente ans pour le bénéfice de mon épouse Gemma et de nos huit enfants.

À la veille de la mettre en cale sèche et sans savoir ce que l'avenir nous réserve, je tenais à rédiger cette histoire et à l'intégrer au journal de bord.

Je remercie le capitaine Simard de m'avoir enseigné l'art de naviguer. Tant que j'aurai un souffle de vie, je poursuivrai son métier sur le fleuve.

Signé en ce 1er novembre 1895.

Albert Émond,
pilote du Saint-Laurent

Table des matières

Les titres de la collection Atout

* Lecture facile   ** Lecture intermédiaire   *** Lecture difficile